チンダルレ

李起昇

チンダルレ

装丁／野村道子
ＤＴＰ／有限会社エムアンドケイ

もくじ

1

若くてきびきびした動きの女性看護師に呼ばれて診察室のドアを開けた。五十代ぐらいの、頭が禿げ上がった医者がレントゲン写真を何枚も白い蛍光板にあてて見ていた。首には聴診器を掛けている。金栄煥《キムヨンファン》は促されるままに椅子に腰を下ろした。医者は再びレントゲン写真を見つめる。そして検査結果の紙を睨む。

「正直に申し上げて」

と医者はいいよどむ。眼鏡の奥の目が光る。

「あまりいい状態ではありません」

「はい」

と金栄煥も覚悟はしている。体調もそれほどすぐれないし、長く生きて来たから、そろそろ死ぬ頃だろうという感覚もある。平均寿命からすれば、六十で死ぬというのは早すぎるかも知れないが、それが自分の寿命ならば、それも仕方あるまいと、どこか他人事のように醒めている。医者は金栄煥の顔を見る。

「腫瘍が全身に広がっていて、手術は困難です」

「腫瘍ですか？」

覚悟はしているがまだ幾ばくかの希望を持っている。できれば良性であって欲しいとも思っている。医者は頷く。

「腫瘍です」

金栄煥は少しいいよどんでから訊いた。

「悪性ですか？」

医者は真剣な顔で彼を見、それから小さく頷いた。

「悪性です」

「そうですか」

金栄煥は頷いた。不思議と恐怖の念は湧かなかったが、何も考えられなくなった。時間がそこで止まってしまったかのようだった。金栄煥は口を開いた。かすれた声が出た。

「あと、どのくらい」

といって言葉が途切れた。自分という意識もこれまでなのだと思った。

「三ヶ月ぐらいだと思います。持って半年。一年は無理ではないかと」

金栄煥は小さく頷いた。六十年も生きてきたから、もうこの世とおさらばしてもいいか？と思う一方で、思考は完全に停止した。医者は静かに続ける。

「放射線治療も総ての病巣に対して行うのは困難です。副作用もありますし」

「はい」

彼は惰性で頷く。どこか遠くからドラマか何かを見ているような気分になる。長らく使ってきたこの肉体も、消えて土に戻るのだ、と感じる。

「抗ガン剤と、部分的な放射線治療と、この組み合わせですね」

医者は治療方法の概略を説明した。そして家族にも説明するので次回は家族を連れてくるようにといった。家族といわれるとつい、朴苑順《パクウォンスン》のことを思ってしまう。

彼は結婚していない。一人で暮らしている。兄とその子供や孫は少し離れた所に住んでいる。朴苑順は二十年以上も前に一年ほどボスとして仕えただけの人だった。ただ二人は一度だけ関係を持ったことがあった。事故のようなものだった。それでその後の二人は、何事もなかったかのように仕事を続けた。

彼は初め半年という約束で雇われ、結局十一ヶ月の間彼女の会社にいた。それっきり音信もない。それだのに心の底にはいつも彼女の面影があった。心は常に彼女と共にあった。そのことに今はっきりと気付かされた。朴苑順と離れている自分は一人なのだと意識させられ、そして落ち込んだ。彼女を手放すべきではなかったと、気も狂いそうなほどの焦りに包まれた。彼は答えた。

「家族は居ません」

「ご兄弟とか、ご親戚もですか？」

「え？」

兄、甥や姪、そして彼らの小さな子供たちといった家族もいたが、彼は意固地になっていた。

誰もいないのだと自分で信じ込もうとした。彼は、

「はい」

と頷いた。

「どなたもいらっしゃらないんですか？」

医者はそう聞いた。金栄煥は黙って頷く。医者は諦めたかのように、

「そうですか」

と椅子にもたれ、それから覚悟を決めたかのように次回の来院日を告げ、次回行う治療法について説明した。

彼は胃や背骨が時々痛むことを告げた。何度かに一度は差し込んで息をするのも苦しいぐらいであることをいった。医者は抗ガン剤に加えて痛み止めを処方した。

診察室を出て廊下に立った。注射液を棒に吊して、よちよちと歩いている老人がいた。廊下の椅子に腰掛けて順番を待っている何人もの人々がいた。みんな、今は生きている。二十四時間後、この中の何人が残っているだろうか？　自分は三ヶ月後にはこの世にはいないのだろう。人間五十年。それだのに自分は下天を更に十年も余分に生きた。もういいだろう。順番だ、と自分にいい聞かせた。順番なのだ。人は総て順にこの世を去る。今度は自分の番というだけのことだ、と自分にいい聞かせた。

普通の人ならば、なぜ自分が？　と反応するところだった。どうして自分だけがガンにならら

なければならないのだ？　と腹を立てるところだった。しかし彼は若い頃から、今という現実だけに反応し、身を処してきた。過去を呪い、未来に期待したところで何にもならないと痛感していた。だから現実がすべてだった。医者が死ぬといえば、死ぬのだろうと思った。その事実を元に対策を考えるしかなかった。

病院の会計窓口には多くの人が座っていた。みな代金を払い、処方箋を貰う順番を待っている。金栄煥もそこに坐り、順番を待つ。手が小刻みに震えているのに気がついた。それを見て師匠の池田を思い出した。

2

「えい、ちくしょう」

と池田は左手を右手で押さえつけた。棒ゲージが床に落ちて乾いた音を出した。

「釘師の腕がこれじゃあ、しょうがない」

彼はそういって舌打ちをした。ハンマーも床に落ちた。師匠が死ぬ三年ほど前のことだった。当時金栄煥《キムヨンファン》は大学生で卒業前だった。彼は「オーロラ」というパチンコ店を見ていた。師匠の池田は彼が叩いた釘をたまにやってきて確認していた。池田はそれから三年後に五十一歳で、酒の飲み過ぎによる肝硬変でこの世を去った。

師匠の池田は特攻隊の教官をしていた。彼より十歳ぐらい若い連中に飛行機の操縦を教えていた。離陸の仕方だけを覚えた若者は爆弾を抱いて飛び立っていった。

池田から直接聞いたことはそれほど多くない。彼は自分の過去についてあまり語らなかった。ほかのことは社長の姜泰寅《カンテイン》からのまた聞きであった。

金栄煥は、東京近郊のある町の朝鮮人の集落、いわゆる朝鮮人部落で生まれて育った。父親は彼が中学一年の時に土方仕事に出ていて事故でなくなった。母は父の死後土方仕事に出ていたが、稼ぎが少ないのでやがてどぶろくを造ってホルモン屋を始めた。五歳年上に金賢煥《キムヒョヌアン》という兄がいた。当時は高校生だった。ホルモン屋がそこそこはやったので高校を中退しないで済んだが、大学に行けるほどの余裕はなかった。成績はよかったけれど彼は大学進学を諦めて高校を出ると高利貸しの会社に就職した。そこで修行をして三年後に独立した。金栄煥は母のホルモン屋と兄の働きのお陰で高校に進学することができた。

金栄煥の行った高校は兄も通っていたところで、地域では有名な進学校だった。しかし彼の成績は兄ほどよくはなかった。一年後輩に同じ朝鮮人部落で育った八代正一がいた。彼の本名は姜正一《カンジョンイル》といい、父親の姜泰寅はいち早く駅前にパチンコ屋を出して軌道に乗せ、朝鮮人部落を出て広い邸宅に住んでいた。パチンコ店の名前は「オーロラ」といった。

八代正一は金栄煥のことを「えいちゃん」と呼び、金賢煥を「ひょん」と呼んでいた。金賢煥の父親の金文岩《キムムナム》は息子を「ヒョナ」と呼んでいた。それで八代正一も初めの頃は「ひょな」と呼んだ。しかし「ヒョナ」という呼び方は相手と同等以上の者が相手に親しみを込めて呼ぶ呼び方だったので、年下の者が使うのは大人たちの癇に障った。それで金文岩は八代正一に「発音が似ているから『ヒョン』といいなさい」といった。「ヒョン」というのは「兄さん」とか「兄貴」という意味である。それ以来八代正一は金賢煥を「ひょん」と呼ぶようになった。その八代正一がある日学校で、

「えいちゃん、ちょっと手伝ってよ」

といった。聞けばパチンコ店の従業員が足りないのでいつも店の手伝いをさせられて満足に遊べないというのであった。

「新聞配達するより絶対良い給料が取れるって。俺が親父に話すからさあ、うちでアルバイトしてよ」

それで高校二年の五月頃からパチンコ店でアルバイトをするようになった。当時のパチンコ店は保護者がいれば十八歳未満でも店に入れた。それで人手が足りなければ高校生でもアルバイトで使おうとしたのだった。社長の八代泰寅は彼を見ると、

「おお、栄ちゃんか。久しぶりだな。元気か？　お前のアボジ（父親）はちょっと早く亡くなり過ぎたな。お前も苦労するなあ」

と歓迎してくれた。八代泰寅には多くの一世にあるような日本語の訛りは殆ど無かった。その綺麗な日本語を武器に、彼は戦前は、日本軍を相手に、土方の元締めをしていたということだった。彼は正一を見て続けた。

「正一も栄ちゃんの十分の一でも真面目にやってくれたらいいのになあ」

それを聞いて、正一はこっそりと姿をくらました。

アルバイトは初めは土曜日の午後と日曜日だけしていた。しかし直ぐに学校が終わった午後から夜にかけても働くようになった。

パチンコ店で働く大人は頼りにならない者が多かった。多くは流れ者で、履歴書も持たずにぶらりとやってきた。指名手配されている者も希に混じっていた。社長が命じて履歴書を書かせると、その場で書かない者もいた。文字が書けないのであった。そういう者は持って帰って

誰かに書いて貰うか、再び戻ってこなかった。

多くの者が偽名を使った。偽名だと分かっていても、誰も何もいわなかった。

山本一郎という、細身の男が横井春江という、小柄だけれども肉感的な女とともにやって来た。雰囲気で二人はまともな夫婦ではないと察しがついた。怖らくは何かが原因で駆け落ちしてきたのだろうと思った。しかし社長は直ぐに二人の採用を決定した。

山本一郎は以前にもパチンコ店に勤めていたことがあるということだった。彼は女を連れていたので店長に命じられた。女連れは比較的長く勤めたからだった。横井春江の顔つきは整っており、清潔な印象を与えた。彼女は玉貸しと景品交換を担当した。

金栄煥は元々は地下で玉を磨くのが仕事だった。当時は客が台に打ち込んだ玉は台間にある樋を伝わって地下に流れてきた。それを皮のついた箱に入れてモーターで回して磨いた。磨いた玉はリフトで二階に上げ、そこから各島にパイプで流した。パイプでの玉の分配は、他の者がした。

それより前は玉を人が洗っていた。彼自身小学生の頃、里芋を洗うように玉を樽に入れ、X型の棒を差し込んで左右に回して洗っているのを見た記憶があった。綺麗になった玉は毛布に開けて人が左右で持ち、揺らして水分を拭き取った。そうして綺麗になった玉は若い女性が台の間を行き来して補給していた。その頃に比べれば機械が玉を磨いてくれ、機械が玉を運んでくれるのだから、かなりの省力化になっていた。

玉は一玉五・五グラムという軽さだが、五千発入る木箱は二十七・五キロになる。磨かれた玉を運ぶのは重労働だった。しかし彼は働きだして自分の体にみるみる筋肉がついていくのを見て、まるでボディービルの練習をしているかのように、玉磨きの仕事を楽しんだ。

玉磨きだけでは時間が余るので、彼は乱雑に散らかっていた二階にある景品倉庫を整理した。景品の種類毎に置く場所を決め。棚の前にボードを置いて景品の出入りを記録した。納品伝票も整理して購入の記録もきちんとつけた。

「金田君、頭いいのね」

と横井春江は本来なら自分がする仕事をしなくてもよくなったので喜んだ。景品のあるべき数字を把握できるようになったので、実際に残っている数字と比較して、景品の横流しをしていないことが証明できるようになったし、粗利の計算もしようとすれば総ての景品を取り込んで行うことができるようになった。もっとも当時の「オーロラ」は換金景品だけで粗利の計算をしていた。

店長になった山本一郎は博打が好きだった。店が休みの前の日はいつも徹夜で麻雀をしていた。横井春江は彼に愛想づかしをしているようだった。山本の方も彼女を諦めているようで、二人は店ではお互いに知らん顔をして働いていた。

八代社長は夜の九時過ぎに店に顔を出す。そして売上の集計をする。店を閉めるのは十時であるが、それまでに一応の集計をしておくのである。

パチンコ店と隣の建物の間に裏口があった。裏口は内開きで、外からは鍵がないと開けることができなかった。裏口を入ると三畳ほどの空間があり、古いパチンコ台が何台か置いてあった。隅には宣伝用のチラシやのぼり、パチンコ台のパンフレット、それにパチンコ台の部品などが積まれていた。そこから五メートルほどの廊下があった。突き当たりには二階に通じる階段があった。その手前の右側には店に通じるドアが、左側には事務所のドアがあった。

二階は寮と倉庫と食堂になっている。建物は三階まであった。三階は寮だけだった。玉の分配装置は二階の倉庫の隅にあった。

事務所に入ると左側に大きな金庫があった。その手前に窓があるがそこを開けても隣の建物の壁があるだけで日は一日中全く射さなかった。窓には鉄の枠囲いと格子があり、壁伝いに侵入できないようになっていた。窓の手前にスチール製の机が置かれていた。社長はその机を使っていた。金庫の手前左の壁沿いにはロッカーがあった。それに続いてスチール机が二つあり、昔の伝票や機械屋の注文書や、カタログなどがダンボール箱に入れられて積まれていた。机の手前は使うことができた。真ん中の空間には黒いビニールを張った長椅子といった方がいいぐらいの固いソファがあった。

「おいこら、ばかやろう」

と社長は山本を名前では呼ばず「ばかやろう」と呼んだ。店員は直ぐに消えてしまうので、名前を覚える労力が無駄だったのだろう。社長は店員は、だれかれ構わず「ばかやろう」と呼

んだ。しかし横井春江などまともに見えるものには「ちょっとあんた」などと呼んでいた。社長は金庫の前の机について、

「きょうはなんぼ売っとるんじゃ。ばかやろう」

と山本を睨む。そして集計を始める。社長は目の前の金田を認め、

「金田、お前金を数えろ。このばかやろうは三万点以上の数を知らん」

三万点というのは麻雀の基本となる点数だった。売上の多くは百円札、五百円札、千円札である。たまに一万円札が混じる。紙幣計数機が導入されてない時代だから、総て手で数えた。社長は集計を終えると、

「ばかやろう。五万しか売っとらんじゃないか」

と山本を怒鳴りつける。山本は直立不動で社長の言葉を聞いている。鬼軍曹にいじめられている二等兵といった体《てい》である。

その日から金栄煥は売上の集計をするようになった。直ぐに十円玉や百円玉は握っただけで手の中に何枚あるかが分かるようになった。五十円玉は大きいので、数えにくかった。硬貨は十枚ごとに机の上にずらりと並べ、次に五十枚ごとに雑誌の紙で巻いていく。巻き終わるとその本数を集計して金額を計算する。横井春江は薄い板に硬貨を流し込み、丸い穴に入った硬貨だけを集めれば五十枚になる器具を使っていた。五十枚の十円玉をチラシで撒いて、次々に棒を作っていった。彼女からはいつも良い匂いがしていた。

毎日十時前になると釘師の池田が来た。彼は事務所で売上が集計されるのを見ながらお茶を飲む。そして閉店と同時に店に行って台を開け、台ごとの玉の出と入りを帳面につけていく。山本たち従業員は店の掃除をする。横井春江は九時から閉店までの売上を事務所に持ってきて集計するのを手伝った。掃除は一時間かからずに終わる。池田は一人になった店内で黙々と釘を叩き続ける。

事務所では社長と共に金栄煥と横井春江が売上の集計をしている。売上の集計が終わるのは十時半ごろである。八代社長はダンボール箱を半分に切った箱にお札を入れ、麻袋に硬貨を納めて金庫に入れる。それから社長は、

「金田、夜食でも食いに行くか?」

というが食べに行く時間が勿体ない。

「自分は帰って勉強します」

そういうと坐ったままの横井春江が、

「金田君、まじめね」

という。八代社長は、

「正一とはえらい違いだ」

といって金栄煥を送り出した。木々が色づく季節になっていたので、夜ともなると冷えた。彼は右の手をズボンのポケットに入れて、自転車をこぐ。大きな通りに出た。彼は両の手でハ

ンドルを握りしめ、ペダルを思い切り踏みつけて朝鮮人部落を目指した。

たまに売上が二十万を超えることがあった。そんな時は次の日に大入り袋がみなに配られた。封筒の中には百円札が二枚入っていた。ただ、売上が二十万を超えると、集計は十一時半ごろまでかかった。高校生である彼には、一方でちょっと苦痛だった。

給料日の翌日には、流れ者の従業員の何人かが消える。彼らは初めから腰掛けのつもりでパチンコ屋で働いている。パチンコ屋は食と住と毎日一箱の煙草がついていた。二階と三階が寮になっていて寝泊まりでき、賄いがいて一日三食を準備してくれた。一月ほど働いて金を貰い、次の町に行くには都合のよい職場だった。

金栄煥は九月にはアルバイトで一万円貰うようになっていた。それは当時の大卒の初任給並みの水準であり、店員をしている一部の大人よりも多かった。毎日お札を数えていたので、彼の指の指紋は消えかかっていた。

彼は釘師の池田の仕事に興味を持った。金栄煥が今している仕事は誰にでもできるものだった。しかし池田の仕事はそうではない。金栄煥はどうせなら他の者に真似ができないような高度な仕事をしてみたかった。彼は八代社長が事務所に来た時に、

「釘を叩いている人のことですが」

と聞いてみた。

「おお、池田のことか」

と八代社長は話し出す。給料は二十万円だった。以前は何軒ものパチンコ店の釘を掛け持ちで叩いていたから、もっとたくさん貰っていた。それで自分の愛人が住んでいたアパートを買い取り、愛人の家族と一緒に住んでいるということだった。愛人の家族の中には病弱な夫もいたということだった。それは一人の女が二人の男と住んでいる、ということのようであった。あとで分かったが、その亭主は二年前に死んでいた。

当時の彼は人間関係よりもお金の方に反応した。池田の得ていた報酬は一般的な新入社員の二十人分だった。人間関係の複雑さについては、朝鮮人部落で育ったから少々のことでは驚かなかった。

朝鮮人部落では、一方が離婚歴があったり、双方離婚歴があるというのはざらのことで、本妻と妾とが同じ家に住んでいるところもあった。内縁関係の日本人の女性が朝鮮人の男を牛耳り、「私たちは朝鮮人なんかじゃありません」と威張っている家もあった。だから人間関係には驚かない。

「釘師は二十万円も貰えるんですか？」

と彼は驚いた。八代社長は両切りのピースをくゆらせてから頷く。

「ああ。ただ勿論、誰もが二十万円貰える訳じゃない。やはり腕だよ、腕。腕がよくなくちゃ儂だって二十万は出さんよ」

「僕も釘師になれますか？　釘を習えますか？」

八代社長は煙草を喫う腕を止めた。

「なんだ？　お前は釘師になるつもりか？」

「はい。どうせなら、覚えてみたいと思います」

「どうして覚えたいんだ？　金のためか？」

「それもありますが、どうせやるからには一流になってみたいです。パチンコの全部を習ってみたいです」

「えらい！」

と八代社長は膝を打った。

「お前はやはり見所がある。うちの正一とはえらい違いだ」

ということでその夜社長が池田に話をしてくれることになった。その日の売上は少なく、集計は時間が掛かりそうになかったので、社長の指示により金栄煥は早めに上がった。うきうきした気持ちで家に帰り、古ぼけたガラス戸を開けてホルモン屋の店内に入るとカウンターの近くに兄が座っていた。客は二組いた。手伝いのおばさんが肉を運んでいるところだった。

兄は薄手のジャンパーを着ていた。髪はポマードでオールバックにしている。歳よりは十歳以上老けて見えた。ジャンパーの下にはネクタイを締めている。怖らく背広は奥の部屋に掛けており、ホルモン焼きの臭いがつかないようにジャンバーに着替えているのだろうと思った。

兄は金栄煥を奥の部屋に招じ入れる。案の定背広が壁に掛かっていた。

「お前はこの頃とんと勉強してないそうだな」

金栄煥はかしこまって兄の前に坐った。母親が心配そうな顔をして、

「先にゴ飯《はん》を夕ぺなさい」

といった。金栄煥は断った。兄は煙草に火をつけてからいう。

「大学には行かないのか？　お前の学費は俺が何とかしてやる。金貸しの方も何とか順調にいっているからな。お前を大学にやるぐらいのこともできるだろう。俺は行きたくても行けなかったんだぞ」

金銭的には「オーロラ」の八代社長が、いいアルバイト料をくれていたので、それだけで大学に行けそうだった。しかしそのことは今は問題ではなかった。金栄煥は渋々口を開いた。

「今の日本で大学に行ったって仕方がないです」

「そんなことは俺だって分かっている。何も大学を出てサラリーマンになれといっている訳じゃあない。日本の奴等が大学に行ってどんなことを勉強しているのか、お前も経験しておけというのだ。俺たちは社長になるしかない。日本人を使う以外に生きる道はないんだ。日本人に使われたくても、誰も雇いはしない。だから使われるために行くんじゃない。日本人を使うために行くんだ」

「はい」

金栄煥は兄の言葉に頷いた。そして、そういう理由なら行かなきゃならんな、と思った。

「お前はこの頃パチンコ屋で働いているそうだな」

「はい」

「何だってお前は他人に使われる努力をするんだ？　人を使う努力をしろ。同じ苦労をするのなら、社長になるための苦労をしろ」

金栄煥は兄に釘師の話をした。そして、

「社長以外に、専門家になる生き方もあると思います」

といった。

「なるほど、それも一理あるな」

と兄は頷く。

「しかし今は勉強しろ。大学に行くんだ。いいな。釘師になるのならそれからでもいいだろう。しかしどうせやるのなら経営者だ。釘師などと小さいことを考えないで、経営者になれ」

「パチンコは金がかかります」

「最初のうちは俺と一緒に金貸しをすればいい。儲けてからパチンコをするか考えればいい」

「はい」

頷いたところに母親が持ち運び用の小さな膳に食事の用意をして持ってくる。キムチとピビンパそれにわかめのスープだった。

「タペなカら話、しなさい」

兄はいった。

「お前が将来社長になるためにアルバイトに行くのは構わん。しかし今は勉強しろ。現役で大学に行くんだ。浪人まではさせられないからな」

「分かりました。勉強します。だけど当分アルバイトも続けます。釘師というのがどういうものか体験してみたいんです」

「いいだろう。お前が人に使われるために努力しているんじゃないということが分かったからな。お前のしたいようにすればいい。しかしこれも忘れるな。チャンスは一回だぞ。大学に落ちたらその時は俺の会社に来て働けよ」

「はい」

ピビンパを頬張りながら彼は頷いた。

翌日。校庭の芝生には、枯れ葉があちこちに落ちていた。昼頃の教室には日が差し込み、心地よい暖かさになっていた。金栄煥は昼の弁当を食べ、机に突っ伏して寝ていた。ほんの十分ほどだが彼は熟睡した。正一がやってくる。

「今朝は栄ちゃんのお陰で親父にしこたま説教されたよ」

金栄煥は寝ぼけ眼を開ける。

「それは災難だったな」

「全く親父は栄ちゃんのこととなるとべた褒めなんだから」

彼はここで声を落とす。

「それで俺は考えたんだが、学校の帰りにちょっと相談に乗ってよ」

「相談？　なんだい改まって」

「とにかく帰りにね。駅前の四季で待っているよ」

四季というのは喫茶店の名前であった。

「分かった」

「だけど」

と、正一は離れた席で雑談をしている女子の方を見る。

「あの娘《こ》可愛いよね」

金栄煥は軽く笑う。

「お前は誰でも可愛いんだから」

「いや、そんなことないって。島野芳美。あれはこの学校で一番の美人だと思うよ。そう思わない？」

「お前いつの間に名前まで」

ははは、と正一は立ち上がる。そして、

「ぼーくは泣いちっち」

と歌いながら自分のクラスがある校舎の方に行く。

島野芳美がやってきた。

「金田君、新聞配達やめたの？」

「え？」

新聞配達はやめてもう半年ぐらいになる。

「うむ。やめた」

「どうして？　体調でも悪いの？」

「いや」

パチンコ屋でバイトしているといいかけて考えた。学校に知れるとまずいと思う。しかし嘘はつきたくない。それで聞き返す。

「どうしてさ」

彼女は口をとがらせていう。

「私の家に、金田君が新聞配達をしてたから。最近来ないじゃない」

彼女の家に自分が配達していたというのを初めて知った。そういえば島野という立派な家があったのを思い出す。

「公園脇のあの家か？」

「そうよ。どうしてやめたの？」

金栄煥は意を決していった。

「駅前のパチンコ屋でバイトしてる。誰にもいうなよ」

彼女は頷く。彼は続けて、

「それと、大学に行くことにしたんだ。これからは勉強する」

「え？　ほんとう。どこの大学？」

「それはまだ決めてない。俺がいけるところといえばそんなにいいところじゃないよ」

「まだ一年あるから大丈夫よ。一緒の大学に行ければいいわね」

「へ？　島野はどこの志望？」

「皆には内緒よ」

彼は頷いた。

「いちおう、慶應」

彼は首を振る。

「それは、俺には無理だわ」

「そんなこと無いって。頑張って」

うむ、と彼は頷いた。他の女子学生が「楽しそうね」とか「妬けちゃうわ」とかとからかった。

午後の授業が始まる。兄の言葉を思い出す。俺たちは使って貰うために大学に行くんじゃない。日本人を使うために行くんだ。このようなものの考え方は平均的な日本人とはあまりにもかけ離れていた。

在日韓国・朝鮮人には多くの日本人のように、よい成績を取ってよい大学に行って、よい会社に入るなどという人生は、初めから存在しない。そして将来に何の希望もない自分と島野芳美が恋愛するなどということは絶対にない、と思う。取りあえずは勉強だ。東京都内の大学のどこかには、潜り込まなければと思う。

授業が終わって、駅前の喫茶店の「四季」に入る。薄暗い照明の中で、八代正一はチラシをテーブルに広げて読んでいた。

「何だ、相談って」

「これだよ、これ」

と正一はチラシを示す。

「北朝鮮に帰ろうという宣伝が凄いじゃない？　俺もあんまり親父に無視されるからさ、朝鮮にでも行って出世してやろうかと思ってさ」

「おまえ、言葉できないだろ？」

金栄煥はあきれ顔でいった。

「言葉できなくてもちゃんと教育してくれるんだってさ。入りたい大学にも入れて、好きな職業にも就けるっていうぜ」

「そんなことで俺を呼び出したのか？」

「ああ。日本では落ちこぼれでも、朝鮮なら出世できるかも知れないと思ってさ」

「おまえは本当に馬鹿だな」

金栄煥はウェイトレスにレモンスカッシュを注文した。

「それは夏の飲み物だろう」

と正一は突っ込む。

「飲みたいんだからいいじゃないか。これはおまえのおごりね」

「ああ、それはいいよ。だけどどう思う」

金栄煥はふむと考える。それから聞く。

「一九五〇年ごろって覚えてるか?」

「ああ。小学校に入学した年だからな。覚えてる」

「一九四五年に戦争が終わって五年経った頃の日本はどうだった?」

「どうって」

「貧しかっただろう? 今より遥かに貧しかったぞ。朝鮮戦争のお陰で、急に景気がよくなったけどな」

正一は不思議そうに聞く。

「それとこれと何の関係があるのさ」

「朝鮮は戦争が終わって六年目だ。朝鮮には朝鮮戦争特需はない。それに、日本には教育の高い豊富な人材がいたが、朝鮮人は日本人の下働きばかりさせられていたから碌に人材がいない。

つまり一九五〇年ごろの日本よりも更に貧しい状況が今の北朝鮮ということだ」

レモンスカッシュが来た。金栄煥は半分ほどを一気にストローで吸った。

「しかし医者も学校もただで乞食も一人もいないと宣伝してるぞ。地上の楽園だとさ」

「本当にそう思うか？」

「ううむ」

と正一は腕を組む。

「いいか？　薬を買うのにも、注射を買うのにも金が要る。それは個人が買おうが、政府が買おうが同じ事だ。薬という経費は薬を使う限りは必ずかかる。それだのにただで治療をしたら、損をするじゃないか。損をしてもそれができるということは、損を補うお金がどこかから入っているということだ。それはどこかといえば」

金栄煥は考える。話が大きくなりすぎたと反省する。

「多分政府だろう」

「ほらみろ、政府が負担してくれてるんじゃないか」

「政府といえばみんな自分とは関係ないと考える。そこが間違いだ。政府というのは、全員の共通の財布だ。財布に金がなければ薬は買えない」

「ふうむ」

と正一は腕を組む。

「日本では個人が利益を上げて薬を買うが、朝鮮では国が利益を上げて薬を買っている。飯場の親父の、でかいのが政府だ」

言った後でいい例えだと思った。これで話が分かりやすくなる。

「飯場の親父が薬をただでくれるということは、飯場の親父はそれ以上儲けているということだ。朝鮮で薬がただということは、朝鮮の政府が国民からピンハネしているというだけの話だ。そうでないと金は回らん」

「ううむ」

と正一は深くため息をつく。それから金栄煥を見つめる。

「それじゃあ、どうして地上の楽園だと宣伝してるんだろう？　なんで在日朝鮮人を受け入れるんだろう？」

「それはよくわからん」

金栄煥はあっさりといって、レモンスカッシュの残りの半分を飲み干す。そして続ける。

「朝鮮戦争では朝鮮人だけで三百五十万人以上が死んだという話だ。太平洋戦争で死んだ日本人よりも多い数だ。朝鮮人全体のおよそ十パーセント、つまり十人に一人が死んだ計算だ」

「そんなに死んだのか？」

「ああ。俺たちが日本でのうのうとしている間にそれだけ死んだ。アメリカが、がんがん攻めたから死亡率は北の方が高いだろう。そうすりゃ労働力不足になる。だから単純に思いつくのは体《てい》のいい強制連行だよな。日本が朝鮮人を強制連行して炭坑で働かせたみたいに、北朝鮮も在日を強制連行して炭坑で働かせようというんだろう」

「まさか。そんなことするか？　同じ民族だぜ」

「だから分からないっていっているじゃないか。しかし直感的におかしいと思う。金が回らんだろうと思うんだ。専門知識を持っている人たちなら、銭を稼げるか知らんが、土方をしていた連中が戻ったって、土方しかできんだろう？」

「だから国が養ってくれるんじゃないの？」

「その金はどこから出るんだよ」

「だから国が出すんだよ」

「国というのはただじゃない。そこがおまえの間違いだ。国は飯場のでかい奴だ。ただで人夫を養うことはできん。金が回るか回らないかだ。国と飯場では桁が違うだけのことだ。根本は同じだ」

「そうかなあ、同じかなあ」

正一は考え込む。しかし経済の複雑な構造など、習ったこともない高校生ではよく分からない。金栄煥は続ける。

「北朝鮮に戻って働かない在日は、北朝鮮から見れば居候だ。食わせて病院で治療したら、それだけ赤字になる。おまえが金日成だったらそんなことのために金を使うか？　大砲を買う方が先だろう？」

「ううむ。そういわれりゃあ、そうかなあ」

「やめとけ、やめとけ。どうしても戻りたいのなら、今度の十二月に戻る奴等の様子を見てからにすればいい」

「そうするかなあ」

と正一はテーブルの上のパンフレットを見下ろす。金栄煥はいう。

「慌てて戻る必要はない。本当にそんなに良いところなら、俺だって戻るさ」

「栄ちゃん、本当か？」

「ああ、本当だ」

「その時は一緒に行こう」

「うむ」

金栄煥は一度頷いてからいう。

「しかし、その時というのは来ないだろうと思っている。北朝鮮は俺たちを強制連行しようとしているだけだと思うからな」

「また、そんなあ」

「様子を見よう、様子を。今は慌てて張る時じゃない。見《けん》だ、見《けん》」

見《けん》というのは博打の言葉である。丁か半かのどちらにも張らず、出目の流れを見極めるために休むことをいう。

その日の夜、金栄煥は事務所で池田努と正式に挨拶を交わした。ジャンパーを着た池田は事務所の中央にある黒いビニールを張った座り心地の悪いソファに腰掛ける。

池田は散髪に行ってないようだった。髪がごわごわに伸び、無精鬚も長くなっていた。釘師といわれなければ浮浪者にしか見えなかった。

「釘を習いたいそうだな」

と池田はポケットから十本入りのピースの箱を取り出す。

「はい。先生、宜しくお願いします」

池田はにやりと笑った。

「先生か？　いやだな。昔を思い出してしまう。池田さんにしてくれ」

「え？　でも先生は先生です」

「いいから、池田さんと呼んでくれ」

金栄煥は渋々頷いた。池田は煙草に火をつける。それから金色の鳩のマークが付いた箱から白い中箱を引き抜く。煙草の甘いにおいがする。池田は煙草を包んでいる銀紙をゆっくりと引き抜いた。彼は銀紙をテーブルの上に置いてから聞く。

「これの厚さはどのくらいだと思う？」

「え？」

池田は銀紙をつまんで金栄煥の手の平に乗せる。銀紙は彼の体温でゆらゆら揺れ、手の湿り気を受けて揺れながら曲がる。

「百分の数ミリだ」

と池田は煙を吐きながらいった。そして言葉を続ける。

「釘の調節は、この銀紙の厚さの調節になる。パチンコの玉は直径十一ミリだ。釘の間も十一ミリだと玉は通らない。ほんの少し広げてやると玉は通る。百分の三ミリで店が勝つ。百分の八ミリで客が勝つ。勝敗は百分の五ミリの間でつく。百分の五ミリがどのくらいか分かるか？」

金栄煥は首を振った。

「その銀紙の厚さだよ。その厚さの間で釘を自由に調節できなければ釘師とはいえない」

そんなに繊細な仕事なのか？　と金栄煥は息を呑む。池田は立ち上がると、金庫の前の机に置いた自分の鞄の中から道具を取りだした。数種類のペンチとハンマー、それにパチンコ玉が両端についた金属の棒が数本あった。それからソファの向かい側の机の上に置いていた水準器を持ってくる。それを道具が並んでいるテーブルに置いた。

「こういうものを使うが、一番有名なところがハンマーと棒ゲージだな。これは、店にあるものを使えばいい。この、釘の角度を測るセルロイド板は、自分で作る必要がある」

幅二センチほどの細長いセルロイドの板があった。線が数本引かれていて、3.5、4、5といった数字が書かれている。

閉店後、池田は金栄煥を伴って店に出た。当時のパチンコ店にはまだ椅子が無く、客は立ってパチンコ玉を弾いていた。

蛍光灯ががらんとした店内を照らしている。侘びしい感じがした。床は四角い合板を敷いていた。金栄煥は店に備え置きのハンマーと棒ゲージを持って後に続いた。棒ゲージは十本以上あったが、中の二本を池田が選んでくれた。池田は道具を入れた鞄と水準器を持って移動した。

池田は店の真ん中にある島の、玄関寄りの台の脇に鍵を差し込んでガラス戸を開けた。島というのはパチンコ台が十台、二十台と並んで収まっているひとかたまりのことをいった。当時はまだチューリップはなかった。天の下と中央それから左右の端と下の方の左右に二個ずつ全部で六つの穴がついているだけだった。ほかに真ん中の下にも穴があって全部で七つ穴があるものもあった。真ん中の左右の端に二つある穴はサイドと呼び、下の方の左右についている穴は落としと呼んだ。台の中央にある穴はヘソといった。池田は説明を始める。

パチンコの釘には二種類あった。一つは命釘と呼ばれるもので、これは穴の直ぐ上にある釘と天の四本をいった。天の四本というのは台の一番上に打たれている四本の釘である。これらの命釘は玉が穴に入るかどうかを直接左右する釘だった。そうした命釘は斜めに打たれていた。命釘以外の釘は平行に打たれている。命釘の根元は十一ミリ程度の幅であり。釘の頭の方は十三ミリ程度の幅だった。だから客が釘を見ると開いているように見えた。

命釘は根本が狭く手前が広いから、手前の方が下がっていると簡単に入ってしまう。それで上げ釘にして、玉が狭い根本で通過するように調節していた。玉が通過するところは十一・〇三ミリから〇八ミリ程度に調節している。見た目では釘が開いているようでも、実際開いているかどうかは、打ってみなければわからない。百分の一ミリ単位で調節されている釘は人間の目では開け閉めが判断できないからだった。

池田は続けてゲージの当て方の説明をした。彼は左手の中指に03と書かれた棒ゲージを乗せ、そっと天の釘にあてた。そして重力に任せてゲージを落とす。玉は釘にこつんと当たり、つつ、と落ちた。

「やってみろ」

金栄煥も真似てみる。鉄の玉は釘の間を何とか通った。

「この玉は」

と池田は棒ゲージについている玉を示す。

「真球ではない。真球というのは、完全な球体という意味だ。この玉は微妙に歪んでいる」

親しくなってから池田は酒を飲みながら真球に近いベアリングについて語ったことがあった。

「俺は昔飛行機に乗っていたが、エンジンの回転軸を支えるベアリングが、当時は性能が悪くてなあ。焼きが甘いからよく割れた。それで設計通りの性能を出せなくて、アメリカさんにやられた。特攻で飛んでもエンジンが思うように回らなくてな。飛び続けられなくて戻ってくる奴もいた」

金栄煥は徐々に池田が特攻隊に関係のある人だと知るようになった。彼は内心で驚いた。さすがに爆弾を抱いて敵に突っ込むというのは衝撃的である。人間関係には驚かなくても、個人の生き方には驚いてしまう。

が、このときの池田は、

「この玉は真球ではない」

といってから直ぐに言葉を継いだ。

「だから測定する時は常に同じ玉の向きで当ててやらなければならない。03と書いてあるだろう?」

「はい」

「この面を見えるようにして測ってやる。測る場所が同じなら、誤差が出れば、それは自分の腕ということになる。物差しの方が狂っているとすると、何が原因か分からないだろう?」

「はい」

「だから玉の向きは常に同じにしてやる。おまえもやってみな」

金栄煥も池田を真似て左の中指に棒ゲージを乗せる。そしてゆっくりと命釘の間を下げてゆく。釘の根元にこつんと当たる。そのまま手前の棒を下げると玉は引っかかったままかと思いきや、つつっと落ちる。

「引っかかる感じが分かるか?」

金栄煥は頷く。

「同じゼロ三に調節しても、すんなり通るものもあれば、通りにくいものもある。通り方には大体、三種類ある」

池田は棒ゲージを示していう。

「こつん、すっ。こつん、すす。こつん、がくがく、とこのぐらいの通り方がある。この引っかかり方が大体千分の三ミリの差だ。ゲージは百分の一ミリだが、引っかかり方の感触で千分の三ミリぐらいまでは分かる。今こいつは千分の三十三だ。他のいい方をすれば、ゼロ三のきつめだな」

「はい」

と金栄煥は返事はしたが、道は遠いと感じた。いつになったら千分の三ミリを調節できるだろうと思う。

「よしそれじゃあ、今度は台の傾きだ」

と池田。

「台はほんの少し後ろに寝かせてある。目で見て分かるかどうかだ」

池田は島の端に立って、パチンコ台の手前にある木の台に一メートルほどの長さの木製の水準器を立てた。水準器は下ではパチンコ台とくっついている。しかしパチンコ台は上になるほどに島に入り込んでおり、傾斜していることが分かった。

「な？　台は傾いているだろ？」

金栄煥は頷く。池田は水準器を持ち上げると、今度は台の方にぴたりと当てた。水準器の棒には縦に十個ほどの小さな水準器が埋め込まれている。上の方の五点ゼロと書いてある水準器が水平になっている。台は五度傾いているということだと理解した。池田は聞いた。

「ここの台は五分の傾きにしている。台をどうして傾けるか分かるか？」

「ええと」

と金栄煥は考える。

「玉が暴れないようにするためじゃないでしょうか？」

ははは、と池田は笑った。

「玉が暴れるか。いい表現だ」

そして説明を続ける。

「その通りだよ。パチンコの玉は五・五グラムある。こいつが引力で落ちると釘に当たり、ガラスに当たって、どこへ行くか分からん。それで傾きをつくって、落ちる速度を遅くしてやるんだ。そうすると玉の動きが制御される。それと命釘は盤面の方が狭いから、傾きをつくって盤面近くで通過するようにしてやらなければならん。ガラスに近い方だと広いから簡単に通ってしまう」

金栄煥はああ、なるほど、と思う。うまい手だと感心する。

池田は説明を続ける。

「このヘソの釘を見てみな。こいつが水平か上向きか下向きか分かるか?」

金栄煥は指さされた盤面の中央にある穴の上に打たれている釘を見る。

「水平だと思います」

「そう。水平にしている」

池田は一つ頷いてから聞いた。

「それがどういう意味か分かるか?」

金栄煥は考える。

「水平ですから、玉に対しては中立というか、普通だと思います」

「台は五分傾いているぞ」

「あ!」

と金栄煥は声を上げて釘をまじまじと見る。そして池田の顔を見る。盤面が五度後ろに傾いておりそこに打たれている釘が水平に見えるなら、その釘は盤面に対して下に五度傾いているということではないか!?

「下に五度傾いているということですか?」

「その通り。お前は飲み込みが早い。どんな仕事でもそうだが、馬鹿な奴は一人前にはなれん」

それから説明を続ける。

玉に速度があると、玉は穴に入りにくくなる。上げ釘だと玉が釘にまとわりついて速度が落ちるが、下げ釘にすると、玉の速度は更に上がる。このため下げ釘の時は上げ釘の時より釘を開けることができる。

「但し釘が地面に対して平行だと玉は広いところを通るから、入りやすくなる。それで命釘をほんの少し段違いの平行にしてやる。これで玉は弾かれやすくなる。釘の幅とぴったりの角度で落ちて来ないかぎり玉は入らない」

池田は一つ頷く。それから続ける。

「ヘソがゼロ六でも下げ釘だと客が勝つのは難しい。先ず負けるな。まあ、もっともほかにも色んなテクニックを使ってるんだけどな。それは追々教えてやるよ。例えばヘソを開けていても、玉がそこに行かないような釘にするとかな。ヘソに行けば必ず入るが、ヘソに玉が近づかないようにする釘の打ち方もあるんだ」

「へえ」

と金栄煥は感心する。

「この台で客は勝てないといったが、実はこの台でも客が勝てる場合がある。どんな場合だと思う?」

「ううむ」

と金栄煥は考える。しかし全く分からない。

「ヒントはないですか?」

「ヒントう? 何だかラジオのクイズ番組みたいだな」

と池田は苦笑した。そしていう。

「玉の落下速度が遅くなる場合だ。但しいかさまじゃ駄目だぞ。自然現象だ。自然現象で玉の動きが悪くなるようなことだ」

「自然現象？」

玉の落下速度が遅くなる自然現象？　そんなものがあるのか、と頭が熱くなるのを感じる。

池田が口を開いた。

「雨だよ、雨」

「雨ですか？」

「そう。雨が降るとベニヤ板が水分を吸収する。すると釘の締め付けが緩む。釘が緩むと玉の弾かれ方が鈍くなる。玉の周りも水分が多くなるから粘り気が増し、玉の落下速度が遅くなる。そうすると？」

と池田は金栄煥に答を促す。金栄煥は頷いて答えた。

「玉が入りやすくなります」

「そう。雨が降るとこの台は客が勝ちやすい台になる」

そうか、なるほど、と金栄煥は再び台を見た。池田は続ける。

「だから釘師は夜中に雨が降ったり、朝の天気予報を聞いて急に雨が降りそうだと知ったら、店に駆けつけて釘をたたき直す。ゼロ三ぐらい余分に閉めないと店が負けるからな」

「ほう」

と金栄煥は感心した。これは思っていた以上に科学的な世界だと思った。単なる経験や勘だけの世界ではないと考えた。

「夕方になって突然雨が降ると、店は負ける可能性が高くなる。良く分かっている客は、そんな時は仕事を投げ出してパチンコを打ちに来る。勝てる確率が高いからな」

「そんな時はどうするんですか？」

「何もできないさ」

と池田は肩をすくめる。

「店を開けるまでは釘師は釘にさわれるが、店を開けてからそれをするといかさまになってしまう。幾ら玉が出ても、開店時間中は店を閉めることもできない。釘を一つ間違い、天候が一つ変化すると、店はどれだけ損をするか分からない。釘師っていうのはそういう商売だ」

「ううむ」

金栄煥は神妙な顔で頷いた。

「どうした？　恐くなったか？　やめるんなら今の内だぞ」

「いえ、やります」

「そう、その意気だ。釘でしくじったら、釘で取り返せばいいのさ。他人の命を取るわけでも、自分の命を取られるわけでもない。釘の借りは釘で返せばいいんだ」

「はい」

池田は足下の鞄から一本の棒ゲージを取り出した。それを目で確認してから金栄煥に渡す。そして右の風車の横に打たれている釘を示す。

「ここのところを十一・六ミリにしてみな」

金栄煥は棒ゲージを確認する。一方には11・90もう一方には11・60と書いてあった。彼は聞く。

「十一・六ミリですか?」

「何だ、不満か」

「あ、いいえ。今まで百分の一ミリの話をしていたのに、いきなり十一・六ミリといわれたもんで」

池田は一つ頷いてからいった。

「いずれは百分の一ミリの釘を打てるようにならなければならん。しかし最初からは無理だ。それにしくじると店が損をしてしまう。初めは大勢に影響がない平行釘で練習することだ」

「はい」

池田はハンマーを持つ。

「先ずは釘の叩き方だ。横打ちは駄目だ」

と、池田はハンマーを横に振ってみせる。そして軽く天の釘を横から打つ。コンコンと軽い音が出る。釘がハンマーを弾いている音だ。

「な、この音は駄目なんだ。この音だと釘は曲がっても元に戻る。元に戻らないように打つには、普通に叩いて中心を外す。直角は駄目だぞ。釘が板に入っていくだけだからな。こう打つ」

池田は耳ぐらいの高さにハンマーを持ち上げ、そのまま軽く釘の内側の頭を叩いた。カンという金属音がする。先程はゼロ三だった釘を池田は開けた。

「これでゼロ五に開いた。ゼロ六を当ててみな」

事務所から持ってきたゼロ六のゲージを当ててみる。通らない。

「ゼロ三を当ててみな」

金栄煥は、一つ頷いて、ゲージ棒を回転させる。それからそっと玉を当てる。先程とは違い、玉は簡単にすっと落ちた。

「ゼロ三が通ってゼロ六が通らない。釘はその間の幅だ」

「はい」

「まずはどのぐらい叩いたら釘がどのぐらい曲がるかが分かるようになることだ」

「はい」

「じゃあ、今日はこっちのこの釘を十一・六ミリに打ってみな。あとで事務所に練習用の台を作っておいてやる。本格的な練習はそこですればいい。俺は仕事をする」

池田は他の台を開け、カウンターの目盛りを帳面に書いていく。データを取り終わるとそれをじっと睨み、暫く考えてから、釘を打っていく。

金栄煥は池田のそんな動作を盗み見しながら、怖らく重要なのは釘の技術以上に、師匠の今の頭の中だろう、と思った。釘を叩く技術があっても、釘をどう叩くか、どの台をどうするかという頭がなければ意味がないだろうと予想した。

二十分ほど掛けて金栄煥は何とか釘を十一・六ミリに仕上げた。池田にそのことを告げると、

「早かったな」

といって釘を確認に来た。棒ゲージを通して幅を確認してから、

「うむまあ、初日にしては上出来だな。今日はこれぐらいでいいだろう」

そして彼は金栄煥の顔を見ていう。

「明日も来れるか？　来た方がいいんだがな」

「はい、もちろん来ます」

「この釘は、明日は元に戻っている。どれだけ戻るかを確認するんだ」

金栄煥は何のことか分からない。

「おまえはこの釘を十一・六ミリにしたから、明日も十一・六ミリだと思っているだろう？」

金栄煥は頷いてから聞く。

「違うんですか？」

「この釘は動く」

「ほんとうですか？」

「うむ。だから明日確認に来い。叩き方が会得できないうちは、釘は一日で元に戻るんだ。完全に戻らないようにするには、ペンチで折り曲げるしかない。しかし折り曲げたのでは百分の一ミリの調節は難しい。せいぜい十分の一ミリだな。ハンマーで調節する限りは、動く釘とのいたちごっこだよ」

「分かりました。明日は必ず来ます」

池田は能面のような顔でつけ加えた。

「金属ですら常に動いて留まることがない。諸行は無常だ」

それから池田は金栄煥を見ていう。

「むじょうというのは情が薄いという意味じゃないぞ。分かってるか？」

「はい。平家物語で習いました」

「そうか、習ったか。よしよし。おまえは今日はもう帰っていいぞ」

「はい。先生、あいや、池田さんは」

「俺はまだ小《こ》一時間釘を叩かなければならん」

「自分も待ちます」

「そんな気を使わんでいい。お前は大学に行くとかと聞いたぞ。勉強する体力を残しておけよ。

勉強は体力勝負だ」

「はい」

金栄煥は渋々頷いた。そして次回は勉強道具を持ってきて、事務所で勉強をしながら池田を待とうと思った。

金栄煥は翌日も学校が終わるとパチンコ店に来た。自分が昨晩叩いた台には客がいた。その台を横目で見ながらカウンター脇のドアから事務所に入った。事務所の、ロッカーの横の机の上には、池田が設置した練習用の台があった。心が躍った。ガラス戸を開け、天の命釘をゼロ三に調節しようと三十分ほど挑んでみた。自分が一人前の釘師になったような気がした。

気持ちが落ち着いてから学生服を普段着に着替える。もう一度自分が昨晩叩いた台を見に行く。客はまだ打っていた。彼は事務所に戻って右の突き当たりから地下に降り、玉を磨いた。二時間ほどして店に戻ってみた。客はいなかった。釘をじっと睨んだが、しかし釘が戻っているかどうかは分からなかった。

店員と交代で二階の食堂で夕食を食べた。事務所で勉強をする。九時になると八代社長が来た。金栄煥は社長と売上の集計を始める。十時前になって池田がやって来た。金栄煥は挨拶をする。横井春江はお茶を出した。

閉店になり、中央の島の、昨晩調節した台のガラス戸を開ける。

「自分で計ってみな」

と池田は促す。金栄煥は11・60という文字を見えるようにして玉を釘に当てた。玉は簡単に通った。昨日は十一・六ギリギリに仕上げたはずだ。こんなに簡単に通るような調節はしていない。11・90を当ててみる。こちらは通らない。だから釘は動いたが、〇・三ミリまでは動いてないということだった。

「どうだ？　動いているだろう？」

金栄煥は頷く。

「はい。戻っています」

「そんなにがっかりすることはない」

と池田はいった。

「釘も生き物だということが分かればそれでいい。俺が叩いた釘でも、何割かは戻る」

「池田さんでも釘は動くんですか」

「俺だけじゃない誰でも動く。総ての釘を動かなくすることはできない。何割かは動くもんだ」

それから池田は気を取り直したかのように、盤面の左側の釘を示す。

「よし。今日はこの釘を十一・六ミリだ。やってみろ」

「はい」

事務所の練習台では命釘を叩いた。釘を打ち終えるとガラス戸を閉じ、玉を弾いて玉の入り具合を確認した。そして次の日の最初に、釘の動き具合を確認した。釘は毎日動いていた。どう叩けば動かないのか、工夫が続いた。

しかし一方で金栄煥は受験生でもあった。彼は玉磨きと在庫整理を手早く切り上げて、できるだけ勉強をするようにした。

二階と三階は従業員の寮になっている。二階には部屋が三つあった。その他に食堂と倉庫と玉の分配装置があった。三階は部屋が六つあった。

二階の二部屋は夫婦用で、一部屋は仮眠用に取ってあった。三階は奥の二つが夫婦用で残りの四つが単身者用だった。総てが埋まると十二人を収容できた。

お客十人に店員一人が理想だった。「オーロラ」は百五十台の店だった。だから常時十人以上の従業員を必要とした。今は二階に二組の夫婦と三階に独身の男四人が住んでいた。計八名である。他に通いが二人とアルバイトの金栄煥がいた。

階段を上がった手前の部屋は仮眠用に使われていた。金栄煥は勉強をする時はそこでするようにした。彼は事務所にいる時は釘を叩く練習をした。

閉店前には八代社長の手伝いをして現金を集計し、閉店後は池田について釘の練習をした。八代社長は売上を集計すると戻ったので、金栄煥が練習を終えて事務所に戻っても誰もいなかった。彼は池田が仕事を終えるまで事務所で釘を叩いた。池田が仕事を終えたあとは事務所で酒を飲みながら色んな話を聞いた。池田は酒を浴びるように飲んだ。金栄煥はビール一杯ぐらい付き合う程度だった。

池田が酔いつぶれると二階の部屋から蒲団を持って降りてソファに寝ている池田に掛けた。池田が動ける時は二階に連れて行き、蒲団に寝かせた。自分も隣で寝た。

パチンコ店で泊まると、朝ご飯をパチンコ店で食べてそのまま学校へ行った。池田は両手をジャンパーのポケットに突っ込んでふらふらと歩きながら家に向かった。

金栄煥は高校三年生になった。新学期が始まって直ぐに韓国で学生革命があり、李承晩大統領が下野した。日本は六十年安保で騒然としていた。学生デモが毎日のように繰り広げられていた。騒がしい東京の街を見て、金栄煥は金持ちの学生共のレクレーションでしかない、と思っていた。今日のメシを稼がなければならない者は、明日のために戦っている暇がない。だからデモができる学生というのは、金持ちで生活に困らない奴らだ、と考えた。それは彼のように就職もできない韓国人には、異次元の世界の話だった。彼は釘師というプロフェッショナルになろうと必死だった。兄の金賢煥は金持ちになって日本人を見返してやろうとしていた。しかし栄煥は金は日本が作ったものだから、どれだけ金儲けをしたところで、それは仏様の手の平の中で動いている孫悟空と変わらないと思っていた。金持ちになったところで日本を見返すことはできない。それよりも日本にとって不可欠な人間になることで、韓国人をゴミのように切り捨てた日本の政策は間違いだったと気がつかせることの方が重要だと思っていた。能力がある連中を生かさないで切り捨てたことを反省させるには、それしか無いと思っていた。だから彼はプロフェッショナルとなって、日本の社会に貢献することが重要だと思っていた。彼の場合、それは釘師になることだった。釘師になって自分も金を稼ぎながら、日本人に娯楽を提供するのは、日本にとって不可欠の存在だとみとめさせる行為だと思った。しかしそんな話を兄にしても、兄はうろんな目をして、

「バカか、お前は。日本人が韓国人を評価したり、感謝したりするわけが無いだろうが？　夢を見てないで、現実を見ろ」

といわれただけだった。しかし彼は、金を儲けるだけでは満足できなかった。日本人に韓国人差別をしたことは、間違いだったと思わせるような人間になりたいと思っていた。

池田との付き合いは半年ほどになったが、池田は酔っていても話さない部分があった。しかし八代社長には話したことがあるようで、二人の話を総合して池田の半生を知ることができた。

池田は広島県の福山の出身だった。陸軍の航空隊に入り、南方を転戦した。やがて日本に戻って教官になった。時局柄仕事は特攻隊員の訓練と指導だった。池田たち優秀なパイロットは本土決戦に備えて、温存されていた。

特攻隊の訓練生の中には朝鮮人もいたということだった。なぜ朝鮮人が日本のために爆弾を抱いてアメリカの軍艦に突っ込まなければならないのか池田には理解できなかった。しかし朝鮮人の訓練生は真面目に練習を積んでいた。

「あと二週間ぐらい戦争が続いていたらあいつらも特攻で死んでいたよ」

と池田はいった。彼の下に居た朝鮮人の特攻隊の何人かは助かった。

戦争に負けた日から池田は酒浸りになった。何も考えられず、何をどうすればいいのかも分からなかった。アメリカ軍がやってきて、残っていた飛行機を焼いた。それを見て心が壊れた。池田は汽車に乗った。ふと降りた町に炭坑があった。どの恥曝して帰れようか、という思いで彼は炭坑に入った。多くの朝鮮人がいた。彼らは国に帰る支度をする一方で炭坑を掘っていた。しかし三ヶ月ほどで急激に彼らの姿が消えていった。

人が少なくなった炭坑を見て夢から覚めたような気分になり、福山に向かった。途中の広島は焼け野原だった。昔の家に行くと妻はいなかった。消息を聞きながら訪ね当てると、妻は朝鮮人の男と暮らしていた。食糧難の時代である。その男は飢え死にしそうな妻を助けてくれたのかも知れなかった。勝手にそう想像した。今更「ただいま」といえた義理でもなかった。彼はこっそり呼び出した妻に別れを告げた。

東京に出て、それからこの町に流れ着いた。八代泰寅にパチンコの店員として雇われ、出入りしていた釘師に釘を習った。習ったといっても、その人は「習いたければ勝手に盗め」という人で、一切教えなかったそうだ。池田は見よう見まねで要領を掴み、自分なりの理論を付け加えていった。

釘師として独り立ちした彼は多くの店の釘を叩き収入が増えた。それで赤線から通うようになった。馴染みの女性は通いの女性で、家には子供二人と病弱な亭主がいた。

赤線が廃止になると池田は馴染みの女性が住んでいたアパートを買った。彼はそこで暮らし、女性は食事と洗濯をした。それと怖らくは夜のお勤めも。女性の亭主は二年前に死んだ。結核が結局は治らなかったのだそうだ。

金栄煥は池田に聞いてみた。

「旅客機のパイロットになれば楽に高給を稼げたでしょうに、どうしてそうしなかったんですか？」

池田は一瞬渋い顔になった。それから大きく息を吸ってから激したようにいう。

「俺の教え子は爆弾を抱いて死んでいったんだ。それだのに俺だけが暢気に飛行機を操縦できると思うか？　とんでもないことだ」

そういってから、少し落ち着きを取り戻した池田は続けた。

「しかし朝鮮戦争の時は、飛行機に乗ろうと思った。あの時はいい機会だったんだ。死にそびれた俺が死ねるいい機会だった」

在日韓国人の団体が義勇兵を募集した時に彼は応募した。植民地にした朝鮮が共産主義者に存在を脅かされている。今度は日本人が助け船を出す番だと思った。朝鮮人のために戦って死のうと思った。しかし日本人は募集の対象ではなかった。またもや彼は死にそびれた。

「八代社長に拾われて、俺は飢え死にしないですんだ。朝鮮人とはどうも縁があるようだ。俺の最初で最後の弟子もお前だしな。俺は俺の先生みたいに隠し事はしない。全部教えてやる。それほど長くもないようだしな。俺が生きている間に全部習えよ」

池田はそういって酔いつぶれた。死にたくて飲んでいるといった酒の飲み方だった。

翌日、金栄煥は従業員たちと朝食を食べる。池田はみそ汁の臭いで戻しそうになるので朝ご飯を食べなかった。彼はまだ部屋で寝ていた。横井春江がいう。

「金田君はよく続くわね。ここがお家みたいになっちゃったわね」

「ええ、そうですね。飯もうまいですし、下宿してるみたいですよ」

「お家の人は何もいわないの？」

「家にはお袋しかいませんしね。焼き肉屋やってるから忙しいし。俺には何もいわないです」

「お家を手伝わなくていいの？」

「おばさんを二人雇ってるから、俺なんかいると却って邪魔ですよ」

食事を終え、事務室に入ってロッカーにしまってあった学生服を着る。横井春江が入ってきた。

「金田君、明日はここの定休日でしょう。わたし、実家に行ってくるんで、駅まで荷物運ぶの手伝ってくれない？」

「明日は俺、学校ですし、店が休みだから今日は家に帰ります」

「学校に行く前に手伝ってよ」

なんとなくしつこい気がする。

「それはいいですけど、山本さんは？」

「あいつは役に立たないわよ。今夜は徹マンで朝の五時頃帰ってきて、四時間ほど仮眠をして、それからまた麻雀よ」

ああそうかと思う。

「ええ、いいですよ。何時ごろ来ましょうか？」

「朝の七時頃お願い。それからこのことは誰にもいわないでね」

そういわれて変な感じがしたが、彼は同意した。裏口を出て彼は学校に向かった。

翌日、朝の七時に裏口から事務所に入った。横井春江が黒のスーツに着替えて待っていた。ソファには茶色の大きなボストンバッグが一つあった。

「ごくろうさま」

と立ち上がる。そして、

「わたし、このまま山本と別れるし、店もやめるわ」

給料貰ったばかりだしな。いよいよ今度はこの人がとんずらする番か、と思う。金栄煥は自分より背が低い彼女を見下ろした。首の下に続く白い肌が黒いスーツに映えて眩しく感じた。彼女は続ける。

「近くで一泊してから田舎に帰るつもりなの。金田君も一緒に行かない？」

一拍遅れでそれがどういう意味か分かった。白い肌を更に眩しく感じる。

「学校が」

といって、真面目な学生でもないのに、どうして学校なんだと自分で思った。彼女はにこりと笑ってからいう。赤い口紅の唇が動く。

「無理にとはいわないわ。金田くんならもう経験あるでしょうしね」

「いや、そんな」

といって、どこまで俺は馬鹿なんだと思う。黙ってボストンバッグを持った。

「行きましょう」

「そういうところ、格好いいのよね、金田くん」

それから彼女は、

「着替えた方がいいと思うわ」

とつけ加える。彼は同意して、ロッカーを開け、そして普段着に着替えた。

駅に着いた。通勤通学客が所々にいた。

「どこに行くんですか？」

「御宿にしようと思ってるの」

「御宿？　なんでまた」

「なに、月の砂漠を見たいだけよ」

「月の砂漠があるんですか？」

「行けば分かるわよ」

金栄煥は童謡の「月の砂漠」が御宿で作られたということを知らなかった。

蒸気機関車の列車に乗った。朝飯代わりの弁当を食べる。彼は向かい側で弁当を食べながら風景を見ている彼女に聞いた。

「横井さんはどうして山本さんとこの町に来たんですか」

彼女は我に返ったように、金栄煥を見た。それからいう。

「私華族だったの。没落華族よ」

「え？」

朝鮮人部落でその日暮らしをしていた者には華族などというのは、宇宙人のようなものだった。春江はにこりと笑う。

「信じられない？」

「え？　ええ」

「そうでしょうね」

それから彼女はゆっくりと笑顔でつけ加えた。

「嘘よ」

彼女は自分を語り始める。彼女は十五の時に地元の華族の家で女中になった。山本はそこに出入りしている酒屋の丁稚だった。山本は言葉巧みに春江を誘い、二人は一緒になった。籍は入れてない。今になってみると籍を入れなくてよかったと思っている。山本の試みる事業はどれも失敗で、ついには地元にいられなくなり、あちこちを流れ歩いた。

「色んな町で色んなパチンコ屋に勤めたわ。もう疲れちゃった」

「どうするんですか、これから」

「そうね。適当に流れ着いたところで、旅館の仲居にでもなるわ」

「へええ」

「金田君は、将来はどうするの。あなたは、これからよ」

彼は暗い顔になる。列車の振動で体が揺れる。弁当は食べ終わっていた。彼は焼き物で作った、小さなお茶の器に手を伸ばす。

「韓国人ですからね。俺」

「知ってるわ」

「日本じゃ知れてます。アメリカに行きたいと思ったこともあるけれど、英語はからっきしだし。釘師になるしかないですよ。俺は日本人に一目置かれる人間になりたいんです。自分の兄貴は金持ちになれば皆に尊敬されるというけれど、俺はそれは違うと思ってます」

春江は軽く頷いて聞く。

「どう違うと思ってるの?」

「金があるだけというのは、逆に馬鹿にされると思うんです。技術とか、何か人と違うことができるようでないと、人の尊敬は勝ち取れないと思います。俺の場合は、釘師です。人が真似できないような釘師になって、金を稼ぎます。国鉄スワローズの金田は朝鮮人だけど、あいつがどれだけ金を儲けたって、人は何とも思わないですよ。逆に尊敬します。単に金があるだけじゃ駄目だと思います」

再び春江は頷く。

「えらいわね。与えられた環境の中で、どうやって頑張るかと考えているんだもの。山本なんかは他人の悪口ばかりで、うまく行かないと人のせいばかりにしてるもの。金田君の方が遥かに大人だわ」

金栄煥は照れ隠しに笑い、お茶をおちょこぐらいの器に注いで飲んだ。

御宿の宿で金栄煥は春江から手ほどきを受けた。彼は快感に酔いしれ、外が明るくなるまで春江を離さなかった。明け方まどろんだ後、目が覚めてもう一度彼女を抱いた。

仲居さんが部屋に食事を運んできた。仲居さんの給仕を断り、二人きりで食事をした。それから月の砂漠を散歩して宿を出た。タクシーで駅に着いてから、二人は違う方向の汽車に乗った。家に戻るまで金栄煥は股間に鈍痛を感じていた。

翌日学校に出ると島野芳美が彼の席にやってきた。彼女は前の席に座る。セーラー服の上から胸のふくらみが分かる。彼女を裸にした時の姿が頭で閃いた。どうもいかん。女がみんな裸に見える、と思った。

「金田君、二日間どうして休んだの?」

「うん？　まあ、ちょっと」

「おとつい駅にいたでしょう。女の人と」

　見てたのか、と思う。彼女はバスで通学していたから、駅前で横井春江と話している金栄煥を見たのかも知れなかった。彼は咄嗟にでまかせをいう。

「ああ、おばさんのことか。親戚に不幸があってね。二人で通夜に行ったんだ。昨日が告別式だった」

「え？　そうだったの。それは知らなかったわ」

　そして付け加える。

「ごめんなさい。私てっきりずる休みだと思ってた」

　ああ、いやいやといいながら彼は背中で冷や汗をかいていた。春江のなまめかしい姿態が頭の中で明滅していた。

　島野芳美も春江と同じものを持っているのだろうと思う。春江の顔を目の前の芳美の顔に置き換えると、薄暗闇の中で白く輝く裸体が蠢く。自分が突き上げる度に女の背中が震える。人の体という点では誰であっても同じだろう。しかしそこに人格が関わって、怖らくは一生一緒に暮らしたいと思うようになるのだろう。島野を抱きたいと思ったが、しかしそれは、彼女と一緒に居たいからなのかどうかは良く分からなかった。自分は韓国人だ、という思いが、最初から日本人の女を好きにならないようにしているようだった。金栄煥は、この女を抱くことはないだろうと思った。

3

病院の受付はまだ彼の番号を呼ばない。いつもならいらいらしてくる頃なのに、今日は何とも思わない。時間が止まっているかのように感じる。

手の震えはおさまっていた。医者の言葉をテレビか何かの出演者がいった他人事のように感じる。あれは俺の聞き間違いかも知れないという思いがどこかでしている。しかし現実だ。ここは病院で俺は診察代を払う順番を待っている。俺は癌であと三ヶ月ぐらいで死んでしまうただの老人だ。

死ぬまでに何をすればいいのだろうと思う。今までと同じように生きて行くのは間違いのように思った。三ヶ月で何もかも消えて無くなるのだ。それに対処する、特別な生き方があるように思う。自分の総てを肯定してくれる、特別な人生をこの先は送らなければならないんじゃないかと感じる。しかし何をどうすればそうなるのか、彼には分からなかった。

頭はまだいつもの思考能力を恢復してないようだった。俺は居なくなる。あと三ヶ月の命。俺は消える。あと三ヶ月の命だ。何とかしなきゃ。何とかしなくちゃいけないと、意識は同じところをぐるぐる回っていた。

目を上げると病院の玄関が目に入った。何人もの人が出入りしている。挨拶を交わしているような若い女性の姿を見て、ふと、

「金《キム》さん、おはようございます」

という朴苑順《パクウォンスン》の声が耳朶を打った。周りを思わず見回すが、勿論彼女はどこにも居ない。

その昔、彼は彼女の声を聞くと、心が落ち着いた。いい声だと思っていた。人を優しく包み込む暖かみのある声だった。あの声に包まれて人生を過ごすことができたなら、どれだけ幸せだっただろうと思う。

島野芳美もいい声をしていたが、彼の心のすきま風を完全に埋めることはできなかった。育った環境が違いすぎたために、在日同士ならば何もいわなくても分かる部分が彼女には分からなかった。また彼はそんな状況を乗り越えて、一緒になりたいとも思わなかった。そんな彼女との交際は今も続いている。不思議な縁だと思う。

4

大学には何とか現役で入った。四月にガガーリンが宇宙を飛び、新しい時代が始まる予感がした。キャンパスではクラブ活動の勧誘が盛んだった。六十年安保の争乱は去り、去年までのデモ騒ぎは嘘のように収まっていた。彼はクラブ活動で時間を使う気にはなれなかった。勧誘する人々を横目で見て通り過ぎるだけだった。

日本人の学生は眩しかった。青春を謳歌しているかのようだった。キャンパスを男女が語り合いながら歩き、喫茶店に男女のグループが出入りする。そんな光景を傍観者のように眺めて、嫉妬するような感情を抱いた。無意識のうちに自分が韓国人であるということに引け目を感じていた。そしてその反動で心のどこかで日本人を敵視していた。

キャンパスが落ち着いてきた頃、韓国で軍事クーデターがあり朴正煕が権力を握った。日本で二・二六事件が成功したようなものだった。彼は毎日不安な気持ちで新聞を見ていた。これだから韓国人は日本人に馬鹿にされるんだと思った。

ある日授業を受けるために教室に坐っていると焦げ茶のコールテンのブレザーを着た男が講義室の階段下の入口から入ってきて大声でいった。

「この教室に金栄煥《キムヨンファン》という学生はいませんか？」

大学の職員だろうかと、金栄煥は右手を挙げた。

「はい。ここです」

男は直ぐに階段を駆け上がってきた。

「やあ、金君。僕は朴大源《パクテウォン》というんだ。早稲田の朝鮮文化研究会に所属している」

そういって右手を突き出す。無下にも出来ないので、金栄煥は軽くその手を握った。早稲田の人間がどうしてこんな所にまで？　といぶかしく思ったが、オルグに来たのだろうと察した。

「君は本名で通っているんだね。立派だよ」

金栄煥は高校までは通名だった。怖らく親が勝手に日本の名前で登録していたのだろう。しかし大学に来てみると、本名で登録されていた。本名で受験したからそうなったのだろうと思った。それは彼の意志ではなかった。たまたまそうなっていただけのことだった。

本名を通名に変えようと思えばできただろうが、彼はしなかった。そうすれば負けたような気になると思った。それでそのままにしていた。彼が本名だったのは韓国人だから韓国名を使わなければならないと思ってのことではなかった。彼は民族心ではなく、日本に対する反感で本名を使っていただけだった。だから別に褒められるようなことでもない、と彼は思う。早稲田の男は金栄煥の隣に座って話を続ける。

「君はずっと日本の学校かい？」

金栄煥は渋々返事をする。相手が年上だろうと思えたので、一応丁寧語を使うことにした。

「そうですよ」

「それで本名を使うとは立派だよ。大変な民族心だ」

「別にそんなんじゃないですよ」

「謙遜しなくてもいいよ。どうだい、教室を出て少し話さないか？」

金栄煥は考える。授業は大した内容ではなかった。必死で受験勉強をして大学に入り、習うことといえば何の役にも立たないようなことばかりだった。しかもサラリーマンになるための学問ばかりを教えていた。社長になるために必要な知識は何一つ教えてなかった。最高学府とは、何と馬鹿げたところかと彼は失望していた。

二人は喫茶店に入った。朴大源は朝鮮文化研究会《チョソンムナヨングフェ》で朝鮮の歴史を学び、日本が朝鮮にしたことをきちんと認識しようといった。彼は日本が朝鮮を侵略した概略を語り、自分たちはもっと勉強しなければならないといった。そして朴正煕の軍事クーデターを非難し、韓国と日本の国交正常化交渉に反対しようといった。金栄煥はいう。

「僕は民族だとか、政治だとかに興味はないです」

「そうか。じゃあ何に興味があるんだ？　女か」

朴大源はそういってにやりと笑った。

「まあ、女にも興味はありますが、それよりも生活です。アルバイトをしなければなりません。授業料を稼がなくちゃならないんですよ」

「そこだよ」

と朴大源は拳を握る。

「なぜ我々がこれだけ苦労をしているのかということだ。日本帝国主義が我が朝鮮を植民地にしたからだよ」

「ううむ」

と金栄煥は腕を組む。そして日頃思っていることをいってみる。

「植民地にされたというのは、単に泥棒が空き巣に入って金を盗んだのとは訳が違います。国を盗まれたんですからね。盗まれた奴も馬鹿だったというしかないんじゃないですか？　盗まれた方にも責任があるでしょう」

「そう。そこは我々も反省しなければならない。開国が遅れ、開化思想の受け入れに手間取ったのは我々の落ち度だ。しかし落ち度があるからといって、その国を奪ってもいいという理屈があるだろうか？」

金栄煥は考える。理屈は無いかも知れんが盗れるものが目の前にあれば盗るだろうと思った。泥棒が金を盗めば警察に捕まるが、国を盗んでも罰する者は誰もいないのだ。盗るのが正義だといいながら盗れば、それだけ生活は楽になる。そういう状況では盗られた奴が馬鹿なだけだろうと感じた。朝鮮も日本より先に開国して日本を植民地にすれば良かったのだ。食うか食われるかの状況下で、日本に食われたというのは、朝鮮が馬鹿だったというだけのことでしかないと思っていた。

「君はウリマル（母国語）を知っているかい？」

「いや、知りません」

「朝鮮人なのに朝鮮語を知らないというのは、恥ずかしいことだよ。そう思わないかい？」

「ええ、まあ」

「どうだい。言葉だけでも勉強に来ないかい？　朝鮮大学の女子学生が出張して来て教えてくれるんだ」

「へええ」

「在日朝鮮人は日本全国に散らばっている。それが今東京に来てこうして出会ったわけだ。まとまれば力だし、散らばってしまえば烏合の衆だ。我々は今こそ団結しなければならないんだよ」

それから彼は再び韓国の軍事クーデターを正当性がないと非難する。金栄煥はいった。

「どうもその、政治的なことは僕は興味がないです」

「そうか、じゃあ言葉だけでも習いに来たらどうだい？」

結局彼は言葉だけを習いに行くことにした。もちろん朝鮮大学の女子学生というものにも興味があった。

大学に行かない日や大学から戻ると彼はパチンコ店「オーロラ」にいた。一日中店にいると、台に向かっている客を観察した。その反応を見ながら、次の日の釘をどうすべきかなどと考えていた。そういう時間はそれなりに充実していた。

しかし大学に行くと、日本人の学生はみな楽しそうに見えた。彼は自分が取り残されているような気分になった。かといって民族運動に燃える性格でもなかった。安易に恋愛が出来る性格でもなかった。恋人がいてセックスをすれば解消する不安だろうという予測はあった。しかし相手は誰でもいいわけではない。彼は町のボクシングジムに通うことにした。プロになるためではなかった。ただそこで体力を消耗したかったのだ。

そんなある日、渋谷からの電車の中で島野芳美に出くわした。いつもは東海道線で横浜まで行き、そこから東横線に乗り換えていた。その日は早稲田で朝文研に顔を出して、それから大学に行こうとしたので、いつもと違うルートになった。

「あれ、金田君?」

そういわれて座っていた彼は目を開けて上を見た。私服の島野芳美が立っていた。

「あれ、お前、どうしてこんな所に?」

「大学に行くところよ」

といいながら彼女は彼の隣に座った。

「え?　どこ?」

この沿線には大学が幾つもある。どこだろうと思う。そういえばいつか慶應に行きたいといっていたと思い出す。彼女は、

「慶應よ」

と笑顔でいった。

「へえ、そうか。そりゃ凄い」

「金田君は」

「俺は白楽までだよ」

と大学の名前はいわず、最寄り駅の名前を告げた。正直慶應よりはかなり見劣りがする大学だった。

「金田君も現役で受かったんだ」

「うむ、まあね。慶應とは比べようもないけどな」

「だけど、同じ路線なら、時々会えるかもね」

「うむ、そうだな」

「学部は？」

「学部？」

「そう、学部」

「あまりいいたくないよ」

「どうして？」

「笑うからさ」

「どうして笑うの？」

「笑うよ」

「笑わないって」

「いいや、笑うよ」

「笑わないって」

「笑ったらどうする？」

「え？　笑ったら？」

「そう」

彼は頷いて彼女の発言を待つ。

「じゃあ、笑ったら、お昼ご飯をおごるわ」

「ほんと？」

「ええ、ほんと。さあ、学部いって」

そこで彼は神妙な顔をして、

「実は、俺は包茎なんだ」

といった。彼女は、

「え？」

と怪訝な顔をする。いきなり何の話よ、と不快な様子だ。彼は笑顔で続けた。

「学部が、法経学部なんだよ。法律経済学部。略してほうけい」

プッと彼女は吹き出した。

「ほら笑った。昼飯儲けー」

彼は彼女と共に日吉で電車を降りた。そして彼女の授業に知らぬ顔で参加した。お昼は学食で取った。安くてうまかった。インスタントの珈琲を飲みながら、彼女がいう。

「金田君は、安保についてどう思う?」

「どうって?」

「去年の安保条約で日本はアメリカの戦争に巻き込まれてしまうわ。太平洋戦争みたいに、戦争に行かなければならなくなるのよ」

彼は考える。そして、

「逆じゃないか?」

という。

「逆って? 日本はアメリカと同盟を結んだのよ」

「ああ。そのお陰で日本は軍事費を使わないでいられる。アメリカは日本の再軍備を心配して軍隊を持てないようにしたから、日本は軍事力はアメリカ任せにして道路や橋、鉄道、港湾なんかを整備するのに金を回すことができる。日本にとっては好都合じゃないの?」

「金田君、何をいってるの? 日本は中国やロシアから見たらアメリカの同盟国で敵なのよ。

攻められたらどうするの？　アメリカのせいで戦争に巻き込まれるのよ」

　彼は軽く笑った。

「ソビエトも中国も勝てる見込みのない戦争なんかしないよ。負けると分かっていて戦争を始めたのは、世界中で日本ぐらいのもんだよ。戦前の日本軍は、アメリカと戦えば負けるという予測をしていながら、根性や精神論だけで突き進んだんだ。こんな馬鹿なことをしたのは日本ぐらいのもんだよ。普通は、勝てるという見込みが立たない限り戦争なんか始めないよ。アメリカが日本列島に陣取っているのに、ソビエトや中国が戦争を始めるわけがないよ。下手すると返り討ちに合うからな。だから中国は戦争を朝鮮半島に留めたんだよ。全面戦争にでもなったら勝つ見込みがないからね。勝てない戦争はしない。この常識からすれば、ソビエトや中国は日本に攻めてこないよ」

「でも、戦争が始まると、私たちが被害に遭うのよ。恋人や友達が戦場に行かなければならなくなるのよ」

「だから戦争は起きないって」

「本当に？」

「本当だ。勝てるという見込みが立たない限り誰も攻め込んでは来ないよ。それに日本を廃墟にするよりは、日本と経済協力をして、投資をしてもらった方がソビエトにも中国にもメリットになる。日本は経済協力の相手国であって、戦争の相手国じゃないよ」

「アメリカが日本を守らないかも知れないじゃない？」

「守るよ。何の利益にも成らない韓国を守ったんだ。それは日本を守るためだったからだよ。日本を守るために何万もの自国民を死なせて韓国を守ったんだ。日本本土が攻められたらアメリカはもっと必死に守るよ」

「そうかしら？」

「そう思うけどね」

そして彼は体を乗り出して続ける。

「島野、お前は観念的なイデオロギー論に踊らされすぎだよ。もっと単純に考えろよ。戦争は勝つか負けるかだ。勝てない限りやらない。戦争をするには金がかかる。大金を投じて日本を廃墟にして植民地にするのが得か、戦争をしないで経済協力をするのが得かだ。これはアメリカだろうと、ソビエトだろうと、中国だろうと、全ての国にとっての真実だよ。銭の計算で戦争は起こるんだ。きちんと損得計算ができる国は、今の状況では日本を攻めないよ。そしてそれは日米安保のお陰だ。日本にとってはチャンスだ。軍事費使わなくてもいいんだからな。アメリカが軍事費を使っている間に、日本はアメリカに追いつき、追い越さなきゃ」

「金田君のいっていることは、私の先輩や友達がいっていることとあまりにもかけ離れているわ」

「だけど俺のいっている方が当たっていると思うよ。わけの分かんないことをいってデモして騒いでいるのは、今まで親のいいなりで生きてきたから、反抗して駄々こねてるだけだろ？　俺にはガキにしか見えないけどな」

「ひどい言いようね」

彼は首をひょいとすくめた。

「二十年、三十年、経ってみな。どっちが正しかったか分かるよ」

「その間に戦争に巻き込まれたらどうするのよ」

彼は首を捻って苦し紛れにいった。

「日本の戦争だからな。俺には関係ないよ」

沈黙が流れた。彼はいうべきではなかったと思ったが、すでに言葉は放たれたあとだった。島野芳美は格好いい政治論争やアジ演説に酔っている。そしてそんな先輩たちと恋愛ごっこをしたがっている。常に現実を目の前に突きつけられている在日韓国人とは緊張感がまるで違う、と思う。この女は結局自分とは違うところに住んでいる人間だ、と彼は感じた。美人だし、チャンスがあれば抱いてもみたかったが、心がすれ違っているようではその機会も無いだろうと思った。彼は立ち上がった。

「じゃあ俺は、自分の大学に行くわ」

彼女も頷いて立ち上がる。二人はコーヒーカップを返却台に戻しにいった。学食を出たところで二人は別れた。その後彼は渋谷から大学に行くルートは極力避けるようにした。

一年経ち、八代正一も高校を卒業して神保町の大学に通うようになった。国鉄の御茶ノ水駅で金栄煥は彼とよく会った。八代正一はＶＡＮのジャケットを着て、ウエストサイド物語で流行ったバスケットシューズを履いていた。八代正一は常に流行を追っていた。金栄煥の方は着るものには頓着してなかった。彼は兄のお下がりのブレザーをいつも着ていた。それから着替えを入れた中くらいのバッグを持っていた。ボクシングジムで汗を流したあとに着替えるためだった。

ボクシングジムに通い始めて一年が経つ頃、会長がいった。

「金君、四回戦出てみないか？」

彼はいう。

「僕はプロになる気はないです」

「プロにならなくても、自分の力がどのくらいか試してみたいとは思わないか？」

そういう気持ちがないわけではなかったが、ジムにいる十回戦選手のスパーリングの相手を務めているから大体の自分の実力は分かっているつもりだった。十回戦ぐらいまでは何とか努力でついて行けるかも知れないが、それ以上は無理だろうと思っていた。

自分に実力がないと思うのはダブルパンチングボールに向かっている時で、彼は床と天井の間に、ゴム紐で釣られて浮いているボールを、自在に打ち続けることができなかった。変則的な反射に対処できないのだ。天井から直接ぶら下がっているパンチングボールはコツを掴めばあとはリズムで叩くことができる。しかし宙に浮いているパンチングボールは常に予測できない動きをするので、これは避けきれないし、空振りも多かった。ネコのような反射神経でなければ一流には成れないと彼には分かっていた。一言でいって、彼は自分には才能がないと思っていた。それでストレス解消のための運動で充分だと思っていた。

ある日朝鮮文化研究会に顔を出すと、他大学から来た学生たちが議論をしていた。東大、早稲田、慶應といった、日本を代表する各大学の朝鮮人の学生たちが二十人ほどいた。金栄煥は隅に坐ってやり取りを聞いた。朴正煕の革命政府を非難する内容が主なものだった。いずれは李承晩のように不正選挙をして大統領になろうとするから、阻止しなければならないとか、日本はそれを助けているから糾弾しなければならないというものだった。

金栄煥は一時間ほどで部屋を出た。正論を吐き、多くの若者を納得させることができる弁舌を持っている彼らにしても、日本社会ではまともな職に就くことができない。その怨みや怒りをああやって正論を吐き続けることで燃やすしかないのだと思う。何という無駄だろうか、と悲しくなる。あのエネルギーを建設的な力に変えることが出来なければ、韓国・朝鮮人はいつまで経っても日本人から差別されるだけだ、と感じた。

その後も何度か他の有名大学に通っている在日韓国・朝鮮人のエリートたちを見た。彼らは自分の若さを持てあまして、韓国を非難し、打倒日本を訴えていた。多くの日本人が足元にも及ばないような能力を持ちながら、土方をしなければならない人たちだった。それでいて、日本の武士のように清貧に甘んじる哲学を持ち合わせているわけでもなかった。彼らにあるのは祖国に対する怨みと、日本に対する怒りと、今という時代に生まれなければならなかった呪いだけのように思えた。

そんな彼らはまた、自分たち二世の民族性についても議論していた。そして本名を名乗る者は民族心があると主張していた。次いで、民族性を取り戻すためにウリマル（母国語）を勉強しなければならないと強調した。金栄煥は直感的に、それはおかしいだろうと思った。彼も本名を名乗っていたが、それは民族心からではなかった。日本に対する反発からそうしているだけだった。民族性と本名とは別物だと思ったが、しかしうまく説明できそうになかった。エリートたちの弁舌は爽やかであり、論理は明快だった。

そしてその弁舌に多くの在日の女子学生がなびいていた。その点は羨ましくてならなかった。自分も人並みに威勢のいいことがいえれば恋人の一人や二人は持てるだろうにと劣等意識を持った。

そうした反動もあり、金栄煥は自分に言い聞かせる。あいつらのように恨みごとをいって何になるだろう。必要なのは力だ。具体的には経済力だ。端的にいうなら金だ。力無くして強いものに勝とうと思うなら、日本人の総てが納得できるような理念をいえなければならない。祖国を呪い、日本を罵倒しているうちは、そんなことはいえないだろうと彼は考えた。

「君も何かいい給え」

とうながされても彼は、

「すいませんバイトの時間なもんで」

とはぐらかした。

「何のバイトだ？」

「焼き肉屋です」

と彼は咄嗟に答える。パチンコというのはなんとなく憚られた。

「うちも焼き肉屋やってる」

と早稲田の学生。金栄煥は礼をして議論で熱くなっている人々の中から抜け出る。彼は在日は日本のためになる存在でなければならない、と思っていた。日本は外国だ。そこに住まざるを得ない原因を作ったのは日本であっても、住み続けている以上は、日本の利益になる存在でなければならない。そうでなければユダヤ人のように抹殺される。日本を罵る閑があったら、日本のGNPを高める事業を興すことだ。そして多くの日本人を雇い、家族を食わせることだ。そうすれば日本が在日韓国人を排除しようとしても、彼らが守ってくれる。人は石垣、人は城なのだ。日本のかつての軍国主義をなじって、飯が食えるか？　腹が太るか？　と、彼はボクシングジムに行って、サンドバックを叩く。議論から金は出て来ない、と思う。非難や糾弾は銭を生み出さない。このやろう、と何に怒っているのか分からない怒りをサンドバックに叩きつける。偉そうなことをいっている閑はない、と彼はがんがん叩く。人に使って貰いたいから愚痴や未練がましい言葉が出て来る。俺たちは日本人を使うしかない。そうでない限り韓国人は能力を発揮できないんだ。

彼は尚もサンドバックを叩く。東大が何だ、人に使われたがっているだけじゃないか。早稲田が何だ、日本人に雇って貰えないからとひがんでいるだけじゃないか。慶應が何だ、腹ぺこの状態で民族が守れるか？　ふざけんじゃねえ！　彼はへとへとになるまでサンドバックを叩き続けた。彼の怒りには貧乏な自分自身に対するいらだちも混じっていた。かっこいいことをいって、人から一目置かれたり、女子学生からあこがれの目で見て貰えない悔しさやひがみも混じっていた。そうした怨念は筋肉を酷使して、初めて燃やすことができた。彼は汗まみれになってサンドバックの前に跪いた。いまにみてろ。いまにみてろと、彼はあえぎながら念じ続けていた。

大学四年になった。四月頃のことだった。夜中にパチンコ店で釘を叩いていると八代正一が尋ねてきた。もうその頃には八代の店の釘は池田から任せられるようになっていた。

「栄ちゃん頼みがあるんだ」

と正一はいった。彼はハンマーを止めて、その表情を見、人のいない店を通って事務所に向かった。正一は頼み事を話した。

彼は大学では色んな女性をナンパして大いに楽しんでいた。何人もの女性と肉体関係を持った。そんな女たちの中には、たまに本気になる女がいた。初めて女から迫られた時、正一は悲

しそうな顔をして、

「実は俺は韓国人なんだ」

といい、外国人登録証を見せた。そうすると女は翌日「ごめんなさい」といい、彼のもとを去った。これはいい。韓国人というのは、悪いことばかりじゃないなと、彼はそれ以来女に迫られるたびに、韓国人であることを利用して縁を切ってきた。しかしそれでは諦めない女が出て来た。しかも妊娠しているという。いくらいっても子供を生むといって聞かないということだった。金栄煥は正一にいった。

「結婚すればいいじゃないか」

「冗談じゃない。日本人と結婚するなんていったら親父に殺されるよ」

「そうかなあ。最初は怒られても結局は孫ができるんだ。社長は喜ぶと思うけどな」

「栄ちゃんはうちの親父知ってるだろ？　虎だよ虎。怒ったら手がつけられない。俺なんか簡単に殺されるよ」

金栄煥は笑った。

「韓国人は長男は殺さんよ」

「そりゃあ分かってるさ。しかし殺されるような目に遭わされるよ」

ふむと金栄煥は首を捻った。正一はいう。

「韓国人と結婚したらどれだけ大変かということをいって欲しいんだ」

「お前がいえばいいじゃんか」

「俺がいっても聞かないからこうして頼んでるんじゃない。俺がいうことは嘘だと思ってるんだよ」

「ふむ」

「信用ないんだ、俺」

当然だろうと思うと同時に、相手の女はまともだ、とも感じた。正一は続ける。

「韓国人は汚くて貧乏で、どうしようもない連中だといっても駄目なんだ」

確かに朝鮮人部落で暮らしていた在日は貧しくて汚かった。しかし東京オリンピックを控え日本中が好景気に沸き、日本人の暮らしが急速に良くなっていくに連れ、在日の暮らしも徐々に上向いていた。着るものにもお金を使えるようになっていた。だから外を歩いている姿からは貧しい朝鮮人だとは分からなかった。もっとも土方仕事から帰ってきたばかりの男や女の姿は、以前と同じ貧しい朝鮮人だった。それに住宅は相変わらずのバラックだった。金栄煥はいった。

「お前はこざっぱりしてて、大金持ちじゃないか。お前がいってるのは、俺たちの親の世代に対して日本人が作り上げたものだよ」

「そうかな」

金栄煥は事実とは異なることは知っていたが、希望も交えていった。

「そうだよ。今時汚くて薄汚れている韓国人なんていないよ」

「そうう?」

金栄煥は更につけ加える。

「貧乏はしてるけれど汚くはないし薄汚れてもいない」

「とに角だよ、栄ちゃん。頼むよ」

と正一は拝み倒す。金栄煥は仕方なく引き受けた。

三人は正一の大学近くの喫茶店で会った。女の名前は岸田純子《すみこ》といった。大して美人ではないが、芯の強そうな子だった。金栄煥は正一と幼馴染みであることをいい、在日韓国人がどういうものか説明に来たと告げた。彼は在日韓国人の現状について話した。

結婚をして子供が生まれると、その子は韓国人になる。その子はどれだけ頭が良くて成績が良くても、日本では就職できない。東大を一番で出ても在日を雇う日本の会社は無い。あなたの子供はそういう目にあう。その結果、日本人がしたがらないような汚くてきつくて危険な職業にしか就けない。それに韓国人はいつ強制送還されるかも分からないような法律で縛られている。在日はそんな不安な日々を送らなければならない。加えて一世の多くは日本人を仇だと思っている。正一の家は親戚中があなたとの結婚に反対するだろう。そんな中で嫁としての地位を築くのは難しい。特に長男の嫁は祭祀《チェサ》という先祖の法事を取り仕切らなければならない。一晩中多くの料理を作り、親戚に奉仕しなければならない。そうした風俗習慣の違いは個人の力で乗り越えられるかも知れないが、日本という国が制度として作り上げている差別構造は個人の力ではどうにもならない。結婚とは、そういうものを全て引き受けることを意味するが、それだけの覚悟はあるのか？　正一はそんな覚悟も無しに日本人の女に手を出して今になって逃げようとしている。こいつが一番悪い。

金栄煥の話をじっと聞いていた岸田純子は、

「やっと八代さんのいう大変なことというのが分かりました」

といった。そして、

「自分が耐えられるのかどうか考えてみます」といった。

八代正一は帰る時に、

「栄ちゃん、ありがとな」

といった。金栄煥はいった。

「ばかやろう。本当はお前があの娘《こ》を支えてやらなければならないんだぞ」

「分かってる、分かってるって」

と正一は右手を目の前に立てて謝った。金栄煥は帰りにボクシングジムに行ってサンドバックを叩き続けた。もう長いこと女を抱いてなかった。

七月になり、暑い日が続くようになった。あちこちのパチンコ店からはスーダラ節が流れていた。そんなある日、彼が早稲田大学の集まりに顔を出し、高田馬場駅近くを歩いていると、

後から、

「金《キム》トンム」

と女性の声が掛かった。自分のことかと振り返ると言葉を教えてくれている徐《ソ》美淑《ミスク》が立っていた。

「ああ先生任《ソンセンニム》」

彼女は微笑む。

「ソンセンニムはやめて下さい」

「じゃあなんて呼びましょう」

「徐《ソ》トンム」

トンムというのは漢字では「同務」と書く。それは「同志」という意味なのだが、祖国の独立後は専ら北朝鮮で使われたことから、トンムという言葉を使うだけで、共産主義者という意味合いが暗黙の内に付加されるようになっていた。彼は首を捻る。

「徐《ソ》トンム？　何だか時代錯誤だな」

「トンムが時代錯誤ですか？」

「ええ。なんだか革命ごっこをしてるような」

「革命ごっこですって？」

「ああ、いやいや失礼。その、皆さんの革命精神をからかっているわけではないんです」

彼女は少し考えた。それから顔を上げる。

「何年生まれですか?」

「え?」

いぶかしく思いながらも、

「四十二年ですけど?」

「何月?」

「六月です」

「じゃあ、ヌナと呼んで下さい。私は四月です」

ヌナというのは、お姉さんという意味である。

「ヌナ?」

と彼は抵抗を示す。彼女は、

「嫌ですか?」

「ううむ、二ヶ月差でヌナはないでしょ?」

「そうう? じゃあ名前で。美淑《ミスク》と呼んで下さい」

ふむ、と彼は首を捻る。名前を呼び捨てにするほど親しくはないが、と考える。しかしヌナとは呼びたくない。

「分かりました。名前にします。ところで何か用事ですか?」

「ああ、別に用事はありません。今から小平に戻るところなので。もし良かったら金《キム》トンムとお茶でもと思って。予定がありますか？」

小平は朝鮮大学がある場所である。

「いや、いいですよ」

と二人は近くの喫茶店に入った。彼は足許に自分のバッグを置いた。彼女は聞いた。

「そのバッグはなんですか？」

「ああ。着替えです。ボクシングやってるもんで」

「ボクシング？　どうしてまたボクシングなんかするんです？」

「僕は政治の話はとんとする気になれませんし、かといって腹が立っているのは皆と同じですしね。みなは政治で何とかしようとするけれど、僕はサンドバックを叩くだけです」

美淑は頷いた。

「金《キム》トンムは一人だけみなと違いますね」

「そうですか？」

「ええ」

「どう違います？」

そうねえ、と彼女は考える。それから少しして彼女はいった。

「地に足がついているというか、できないことはいいませんね」

なるほど、そうかも知れないと思う。しかし彼女は直ぐに、

「だけど一方で皆を馬鹿にしてますね」

という。

「そうですか?」

「ええ、馬鹿にしています。見下しているのが顔に出ています」

彼は痛いところをつかれた、と思った。小さい頃から母親に何度も注意されてきたのだが、相手を馬鹿にすると直ぐに顔に出てしまう癖は、なかなか直らない。修行が足りんな、と反省する。彼女は続ける。

「勿論みなは格好をつけているだけという側面はありますよ」

金栄煥は軽く声を上げて笑った。

「あら、わたし何か変なこといいました?」

「いやいや、よく見てるなと思って」

美淑は真顔になった。

「わたしのことも馬鹿にしてるでしょ」

「とんでもない。そんなんじゃないですよ」

「まあいいわ。皆は議論しているばかりですものね。議論だけでは何も解決しないんだもの。金トンムは日本の差別社会を打破し、祖国を統一するにはどうすればいいと思いますか?」

金栄煥は考える。

「自分は難しいことはわかりません。マルクスも読んでませんし、ウリマル（母国語）も知りません。だけど、戦争をするには鉄砲玉がいるということは分かりますし、飯を食わなければ突撃もできないということは知っています。それらを準備するには金が必要だということもわかります。だから、どう稼ぐかが重要であって、議論に勝つことなどはどうでもいいことだと思っています」

徐美淑は頷いた。やっぱりね、といった顔つきである。そして聞く。

「何か事業でも始めるんですか？」

「それはまだわかりません。金もありませんし。日本の銀行は朝鮮人には金を貸しませんから」

「信用組合がありますよ」

「ええ。借りるとしたら信用組合しかないですね」

在日朝鮮人は日本の銀行が金を貸さないので、自分たちの資金繰りを円滑にするために各地で信用組合を作っていた。金利は高かったが、そこから資金を調達できた。彼は続ける。

「人に雇われるのではなく自分の力で金を稼ぐしかないと思っています。確かに東大や慶應や早稲田に行っている人たちは頭がいい。論理も明確で議論もうまい。しかし彼らは日本の新聞社や出版社には就職できないですよ。学校の先生になることもできない。いずれは自分の腕で稼ぐしかないんです。そうなると重要なのは議論のうまさではない。フットワークの軽さですよ。それと人の倍働ける体力です」

「そうね。十年後、あの人達は無職でしょうね。多くの在日のインテリがそうしているように、奥さんに焼き肉屋をやらせて毎日遊び暮らしているだけでしょうね」

「はい、そう思います。自分はそうはなりたくない。日本に差別されても負け犬には成りたくないと思っています。むしろ日本に富を与え、自分が居なければ経済が回らないような人間になりたいと思っています」

彼女は頷いた。

「実学者のようね」

と彼女はいった。彼女は説明する。実学者というのは、空理空論ばかりをしていた李氏朝鮮の社会で、実際に世の中に役に立つ学問をすることを提唱した人たちだった。その人たちが政治をしていれば朝鮮は文明開化を成し遂げ、日本の植民地になることもなかっただろうに、彼らはみんな粛清され、朝鮮は文明開化のチャンスを失った。こういうことは朝鮮学校では教えない。彼女は韓国に行った人に頼んで歴史の本を買ってきて貰い、こっそり読んでいたのだった。

それから彼女は、自分の父親がパチンコ屋をして色んな事業を展開しているという話をした。彼女は一人娘で、行く行くはどこかのパチンコ屋の馬鹿息子と見合いをさせられて結婚をするだろうと話した。

「金持ちは金持ち同士で結婚させたがるし、パチンコ屋はパチンコ屋同士で結婚させたがるのよね」

と彼女はいった。

「こんな精神で革命ができるわけないわ」

ともいった。しかし彼の興味はそこにはない。彼は、

「パチンコは嫌いですか？」

と聞いてみた。自分が釘師志望だということは島野芳美に一度いったことがあるだけだった。朝文研の仲間には誰にもいってなかった。美淑は断固として、

「嫌いです」

といった。

「どうして嫌いですか？」

「だって博打じゃないの。他人からお金を巻き上げているだけよ」

そしてそんなお金で自分は大学で学んでいるから恥ずかしいというのだった。

「僕の考えはちょっと違います」

と彼はいった。そして話す。

「パチンコは落語や漫才や、映画なんかと同じだと思っています」

「そうでしょうか？」

金栄煥は話を続けた。

「落語を聞いた人は楽しかったからお金を払います。パチンコも楽しい時間を過ごした対価としてお金を払うものだと思います」

「博打は博打でしょう?」

「博打ではないと思います」

彼は考える。しかし博打ではないという話をこの頃の彼はうまく説明できなかった。

「博打は必ず負けます。しかしパチンコは勝てます」

「それって博打じゃないんですか?」

ううむ、と彼は考え込む。博打じゃないいんだけどなあ、と思うが説明できない。

「金《キム》トンムはパチンコをするんですか?」

考えて、自分が客としてパチンコをしたことがないことに思い当たった。

「いや、したことはありません」

「したことが無くてどうしてパチンコは博打じゃないといえるんですか?」

「それでは美淑さんはパチンコをしたことがあるんですか?」

「うちはパチンコ屋です」

「いや、そうじゃなくてパチンコをお金を出して遊んだことがあるか、ということです」

彼女も考える。

「それはありません」

「なんだ、お互い様じゃないですか」

そのいい方に彼女は腹を立てたのか、

「じゃあ、パチンコ行きましょうよ」

「え?」

「今からパチンコに行きましょう」

と、立ち上がった。二人は近くのパチンコ屋に入った。

金栄煥が釘を習い始めた頃はチューリップがなかった。それがここ数年急速に普及し始め、今やチューリップのないパチンコ台はお目にかかれないほどだった。

金栄煥は玉を五十円分買った。店の入り口付近の台は客が打っていた。当時は椅子がないので皆、立ったまま打っていた。出そうな台は既に他の客が取っていて、空いているのは真ん中から奥の台ばかりだった。彼は歩きながら台を見る。良さそうな台はなかった。中に遊び台があった。その判断は上げ釘か下げ釘かということと、風車の傾け具合などでした。釘の開け閉め自体は打ってみないと分からない。うまくすれば勝てるかも知れないと、彼は玉を受け皿に流し込んだ。そしてレバーを弾く。左に五つ、右に五つ弾いて、右の落としの釘が甘いことを見て取った。左右のチューリップの命釘は締めている。ここは狙わない。彼は同じリズムで右の落としだけをめがけて打った。五発に一発は入った。入るたびに十五発が出て来る。

五分ほどで徐美淑は玉を無くし、彼の所に来た。

「うわあ、凄い。いっぱい出てるじゃない」

「まぐれですよ」

と金栄煥は彼女を見ていう。金栄煥は、

「出ましょうか」

と手を止める。

「わたしだったら気にしないで。さっきの喫茶店にいるわ」

と、店を出た。五百玉入る箱がほぼいっぱいになるまで打って、彼は特殊景品と交換した。右手で景品の靴下の束を持ち、左手でバッグを提げて換金所に向かった。その時背後から、

「お客さん」

と声を掛けられた。角刈り頭の細身の男が立っていた。

「お客さん、プロだろ」

と男はいった。

「打ち方を見てたら分かるよ。あの台で右の落としか狙わないなんてのは、ただ者じゃない」

「いかさまをした訳じゃないですよ」

そういって金栄煥は男を見返す。男は馬鹿にしたような笑いを浮かべる。

「そんなことは分かってるさ。いかさましてたらその腕をへし折ってるよ」

「技術で勝ったんだから、正当な勝負でしょう」

「しゃらくせえな。うちはプロの出入りは禁止なんだよ」

金栄煥は男の睨みを受け止めた。男は肩で息をしていう。

「今日は見逃してやるけどな。二度と来るなよ。この次来たら店には入れないぜ。仮に勝っても景品は出さないからな。分かったな」

何をいってやがると腹が立った。しかし金栄煥は黙って背を向けた。パチンコを打って稼ぐ気など毛頭無かった。

「分かったかといってるんだ」

男は金栄煥の右肩に手を掛けた。右手に持っていた景品の靴下が黒い土の路地に散らばった。

「返事ぐらいしろ、この野郎」

と男はすごむ。今度かかってきたら自然にこの男を殴ってしまうと予感した。彼は落ちた景品をそのままに、左手のバッグを右手に持ち替えて大通りに向かってすたすたと歩き出した。背後で男が舌打ちするのが聞こえた。狭い通路の先に、都電が通り過ぎるのが見えた。

喫茶店に入ると徐美淑が笑顔で迎えた。

「どうだった、勝った？」

「全部負けちゃいました」

「ああやっぱりね。そんなに簡単には勝てないわよ」

そして彼女はいう。

「どう、今から映画でも見に行かない？」

「小平に戻るんじゃあないんですか？」

「今日は休講にするわ」

金栄煥は笑った。二人は安い名画館に入った。夜は焼き肉を食べた。徐美淑は自分に誘って貰いたいのかも知れないと金栄煥は思った。しかし彼は店に戻って釘を見なければならなかった。二人は食事のあとで別れた。

5

受付でやっと呼び出された。診察料を払い、処方箋を貰った。それから病院の近くの薬局に向かう。

薬局でも薬待ちの人が長椅子に座って待っていた。彼も処方箋を薬剤師に渡して、椅子の端に腰掛ける。

十年ぐらい前に突然島野芳美から連絡があった。

「島野と申します。高校のとき同級生でした。金田君、私のこと覚えてる？」

といきなり彼女はいってきた。大学の時に別れて以来だから、およそ三十年ぶりだった。

「覚えてる。島野芳美だろ？」

「わあ、凄い。どうして覚えてるの？」

「覚えていて欲しかったんだろ？」

「それはそうだけど、良く覚えていたわね」

「お前の声は特徴があるからね。忘れないよ」

「へええ、私の声ってどんななの？」

「そう。いつまでも聞いていたい声だよ。暖かくて、懐かしい声だ」

「え、なに？　それ。もしかして口説いてるの？」

「口説いて欲しければ口説くよ。だけど人を落ち着かせる声だというのは本当だ」

「へええ、そう。嬉しいわね」

それから彼女は本題に入った。雑誌社に勤めていて、パチンコに関する取材をしているという。パチンコといえば金田君だから、是非話を聞かせて欲しい、というのだった。

そうやって二人は再会した。彼女は銀行員と結婚して、一男一女をもうけていた。夫は一流の銀行の銀行マンだったが、バブルが弾けると早々にリストラされて一時は中小企業の建築会社に勤めていた。しかしそこも倒産して数ヶ月間、無職であった。求職活動をしても全くないので、事務職は諦め、パン工場の夜勤に出るようになった。月給は二十万程度である。島野芳美は若い頃に勤めていた雑誌社にフリーランスで復帰した。二人の稼ぎではローンの支払と生活費がやっと出るぐらいだった。子供の学費にも困る状況だった。預金を取り崩しながら、また子供たちもそれぞれにアルバイトをして、何とか頑張っていた。預金の残高が無くなった時は、学校もやめなければならないと覚悟をしていた。家庭内の雰囲気は悪くなっていた。夫は夜が遅い彼女に不満を漏らすようになり、二人は罵り合うようになって離婚した。子供二人は彼女が引き取った。どちらも大学生なので、家計は火の車だった。

「金を貸そうか?」

といい出しそうになったが、金栄煥は何とか耐えた。彼女はプライドの高い人だ。そんな人のプライドを踏みにじるようなことをいってはいけなかった。支援してくれと頼むのであれば話は別だが、向こうが何もいわないのにこちらから切り出すのは失礼だった。大まかな近況報告のあとで彼女は本題に入った。

「パチンコ業に在日韓国朝鮮人が多いのは、楽をして儲けたい人が多いからだ、という意見がありますが、これについてはどう思いますか？」

彼は改まった口調で答えた。

「韓国朝鮮人は日本人以上に保守的です。まともな職場があるのなら、みんなそちらに行って、パチンコ屋なんかしませんよ。今はどうか知りませんが、私たちが若い頃は、日本人は誰も外国人を雇おうとしませんでした。それで私たちは自分で自分を雇うしかなかった。つまり我々には社長以外の選択肢がなかったんです。事業を興しても、伝統的な産業だと、我々は入り込めません。パチンコというのは、我々にとっては成功できるかも知れない唯一の新天地だったんです。それで必死に努力しました。客の支持がなければ潰れますからね。どうやって客を楽しませるかが重要でした。そのための最大の演出技法が釘です。いま成功しているパチンコ屋の韓国朝鮮人は、釘を極めた人たちだと思いますよ。その結果多くの人を雇い、社会に付加価値を提供しています。パチンコが面白くなければパチンコ業は衰退していますからね。それが盛んだということは、韓国朝鮮人が日本のＧＮＰ増大に貢献しているということです。私が若かった頃の日本は我々を切り捨てたけれど、切り捨てられた我々は、努力と知恵で、日本社会に貢献し得たと思っています」

彼女は頷く。そして仕事を離れ、元の友達に戻っていう。

「金田君。そういうこと、私、全然知らなかった」

彼はパチンコ業に就いてからは本名で生きてきた。日本人に自分の存在を認めさせるには、本名でなければならないと思ってそうしてきた。しかし彼女は彼が通名を使って生きていたときの知り合いである。それで彼を通名で呼び続けていた。彼はしかし、それを咎めなかった。通名で生きていたのも自分だし、本名で生きているのも自分だと思っていたからだ。彼は彼女の感想に対して答える。

「まあ、日本人は、韓国人や朝鮮人なんて眼中にないからね」

彼女は頷く。それから再び仕事に戻る。

「韓国朝鮮人が博打で日本人から金を巻き上げているという意見がありますが、これについてはどうですか？」

彼も改まった口調で答える。

「博打というのは、どの台に座っても勝つ確率が同じものをいいます。ラスベガスのスロットマシーンは、誰がどの台に座っても勝つ確率は同じです。しかしパチンコには釘という演出がありますす。客はそれを見抜いて、勝てる台を探します。あるいは勝てそうにない台でも、打ち方や狙いの付け方で勝ちに持っていくことができます。この結果勝てる確率をその人の能力や技術で変えることができます。だから面白いし、博打ではないといえるのです」

「へええ、そうなんだ」

と彼女は目を輝かせる。インタビューが終わったあとで、彼は彼女を店に連れて行き、勝てる台をあてがってパチンコを経験させた。

「この天にある四本の釘の左から二番目を狙って」

と、打ち方を説明した。パチンコは甘い釘の台をあてがったからといって勝てるとは限らない。しかしその日はビギナーズラックもあったのだろう、彼女は大当たりを連発し、玉は次から次に出て来た。きらめく光のシャワーと音の洪水に全身を包まれて、彼女は大興奮だった。

「金田君、パチンコって、面白いわあ、さいこー」

と彼女は何度もいった。パチンコのあとで食事に行き、彼はいう。

「勝てる台を見つけたり、勝つような打ち方ができるようになるのは並大抵じゃないよ。まあ、全部負けてもいい、何も考えない空白の時間が持てればいい、ぐらいの積もりでパチンコをするのが無難だな。勝つつもりで行っちゃ駄目だよ」

と忠告した。彼女は頷く。そして、

「わたし、ぱちんこを偏見の目で見ていたと思うわ。特に金田君がいった、自分たちは日本のGNP増大に貢献したというのは、目からうろこだったわ」

「そうか」

「日本は金田君たち韓国人を邪魔な人たちだと、思っていたけど、そうよね、パチンコ業って、相当な富を日本にもたらしているのよね。私も知らない間に、偏見の目で見ていたかも知れない」

「いい記事、期待してるよ。日本人が認識を改めるような、ぴっかぴっかのやつをさ」

二週間ほどして、彼女はゲラ刷りの記事を持ってきた。顔出しは勘弁して貰い、某パチンコ店の社長という肩書きで記事を書いてもらった。読んでみると、なかなかのできだった。この記事を読んで、何人の人が、日本が在日コリアンを切り捨てたのは間違いだったと思ってくれるだろうか、と考えた。

その夜、食事のあとで誘うと彼女も同意したので、彼は自分が住んでいる高層マンションに案内した。彼は最上階に住んでいた。リビングからは東京の夜景が見えた。ワインを飲み、ソファに深く座って、彼女はいった。

「金田君、二日ずる休みした時のこと覚えてる？　高校三年の時よ」

彼は、夜景に包まれてくつろいでいる彼女を見て答える。

「うん、覚えてる」

「あれ、本当は葬式じゃなかったでしょう」

「ああ。だけどどうしてそう思うの？」

「女のカンよ。きっと連れの人は恋人なんだと思ったわ」

「鋭いね。まさしくその通り。あの人が俺の最初の人だった」

「ああやっぱり」

と彼女は肩を落とす。

「あの時わたしにいってくれれば、私があなたのものになったのに」

恥ずかしいからか、酔ったからか、頬が赤い。

「ええ？　本当？　高校生だよ、あの時は。それは無理だろ」

彼女は少し考える。そしてあっさりという。

「そうね。無理ね」

それから続ける。

「だけど私ずっと待ってたわ。きっと金田君は私に告白するって」

少し考えて、彼はいう。

「へえ、そんなふうに思ってたんだ？」

「私の勝手な妄想だったのかしら。金田君は私のこと好きだと思ってた」

「それは好きだったよ。だけど好きと、結婚するとかというのは違うだろ」

「魅力がなかったってこと？」

「いやいや、逆だよ。とても手が届かない人だと思ってた」

「私金田君がその気だったら、受け入れていたと思うわ」

金栄煥はワインを飲んだ。それからいう。

「今はそうでもないけれど、あのころは韓国人といえば野良犬や野良ネコと同じ扱いだったよ。パチンコも流れ者しか雇えないような底辺の仕事だったし。今は大卒が押し寄せるファッショナブルな産業になったけどね。そんな状況で島野を口説こうなんて全く思いもつかないよ。断られるのは目に見えていた。島野は美人で成績が良くて、学校のマドンナだったし。俺はゴミみたいな韓国人だった。とてもじゃないが住む世界が違いすぎたよ」

と彼は首を振る。彼女は黙っていた。それからぽつりと、

「そういう時代だったわね」

といった。そして正面から彼を見ていう。

「もし今の時代だったらどうう？　今の時代に二人が高校生だったらどうだったかしら？」

何と答えたものか一瞬彼は迷った。彼女をみたまま静かに近づいた。彼女は逃げなかった。熱いまなざしで見つめ返してくる。彼はそのまま彼女の唇を吸った。彼女もそれに応えた。二人は舌を絡ませ、そして体を重ねた。

何ヶ月か後、彼はベッドの中で腕枕をして、島野芳美を見ていった。

「近頃の若い者の言葉遣いで気になることが幾つかあるんだけれど、その中でも、一生懸命《いっしょう》という言葉遣いが、どうも引っかかるんだな」

「どういうこと？」

と芳美はシーツの中で金栄煥の腰を抱く。彼は一生懸命《いっしょう》と、一所懸命《いっしょ》という文字の説明をしたあとでいった。

「一生懸命《いっしょう》というと、生まれてから死ぬまで必死であるという意味になるような気がするんだ。だけど人間、年がら年中必死でがんばれないよ」

「そうね」

と芳美は頷く。彼は続ける。

「一所懸命《いっしょ》といえば、いま目の前の自分の責任を果たすだけのことだろ？　命と引き替えになるかも知れないけれど、これならばできる。一生懸命《いっしょう》は不可能だけれど、一所懸命《いっしょ》なら不可能ではないと思うんだ」

「厳密なのね、金田君」

芳美はそういってからつけ加える。

「だけどそれは若い人だからじゃないと思うわ。私達の年代でも一生懸命《いっしょう》といういい方をする人はたくさんいるもの」

彼は考える。

「そういわれると、そうだな」

「一所懸命《いっしょ》でなければならないというのは、金田君の価値観よ。哲学だわ」

金栄煥は思う。自分たち在日には未来はなかった。だから未来を見るのは意味がなかった。

一世の中には自分は両班《ヤンバン》の出だという者が多かった。両班というのは貴族ということである。しかし彼は日本で食うや食わずの生活をしている者がそんな過去にとらわれていても仕方がないと思っていた。在日には過去も未来もないと思い定めていた。だから自分は今という現実を前に、最善を尽くすしかなかった。それゆえ一所《いっしょ》懸命なのであった。そんなことをいうと、芳美がいった。

「明日も過去もなければ自暴自棄になる人の方が多いと思うわ。それだのに金田君は一所《いっしょ》懸命の生き方をしてきたのよね。そんな人は滅多にいないと思うわ」

金栄煥は考える。そしていう。

「明日があると思うと、臆病になる。過去にとらわれると卑怯になる。俺にはどちらも邪魔だった。何のしがらみも無い方がいい」

彼女はゆっくりと頷いて考えている。金栄煥は朴苑順《パクウォンスン》を思い出す。彼女も一所《いっしょ》懸命の女だった、と思う。今会いに行っても彼女は一所《いっしょ》懸命をやめないだろう。一度嫁いだからと、彼と一緒になるようなことはないだろうと、思う。

彼女はいった。

「金田君て一人で戦える人だと思うわ」

そして彼の股間のものを口に含む。彼は快感に身を委せた。暫くして彼女は顔を上げて聞く。

「気持ちいい？」

「うむ」

彼女は自分の顔を彼の顔の近くに上げてからいった。

「私にこんなことができるなんて思わなかったわ」

彼女は彼の脇の辺りに顔を置いてから、彼に抱きついた。冷たい膝頭が彼の太ももに当たる。

芳美はいった。

「尊敬の気持ちがあると、何でもできちゃうのね。若い頃、夫に求められて何度かしたことがあるけれど。その時は本当に嫌だったわ」

それから彼女は彼を強く抱きしめる。彼もそれに応えた。

また彼女はこんなこともいった。

「金田君、どうして今まで結婚しなかったの？　結婚したい人、いなかったの？」

そういわれて朴苑順を思い出した。

「いいや、いたよ。いたけど、手ひどく振られたんだ」

「へええ、金田君を振る人もいるの？」

「いるさ。俺は持てる方じゃないからね」

「そうう？　持てると思うけどな」

彼は八代正一のことを話した。

「持てるというのは、ああいう奴のことをいうんだ。千人は知らないが、百人以上とは寝てると思うよ」

彼女は首を振る。

「そういう持てかたって意味ないと思うわ。信頼されないと。私は、金田君のこと、信頼してる」

そして彼のものをゆっくりと丁寧に口に含む。ふと結婚しようかと思ったが、朴苑順が気になってそのまま時間ばかりが過ぎてしまった。

五十六歳の時だったか、疲れがたまって、倒れ、三日ほど高熱にうなされたことがあった。熱が引いて、朝立ちした自分のものを見ると、長さが二センチほど短くなっていた。急に短小になったような錯覚を覚えた。太さは変わってないのだが、長さは短くなっていた。老いが始まった、と彼は意識した。こうやって人は歳と共に縮んでいくのだろうと思った。

彼女とのセックスでは、それでも満足させることができた。しかし抱きたいという欲望は前より格段に少なくなっていた。それにセックスの途中で柔らかくなったりした。入れている最中に役立たずになったりもした。男としての自分は終わりだな、と感じた。丁度バイアグラという薬が出始めた頃だったが、薬を飲んでまでしようという気にはなれなかった。生まれた者は死ぬ。そして老いは死への一里塚だ。避ける努力はするだけ無駄だと思っていた。老いの始まりを見て、死ぬときにじたばたしたくはないと自分に念押しをした。

彼は島野芳美に別れを切り出した。彼女は嫌がった。そして、

「たまに会って食事をするだけでも、いいじゃない」

という。

「私たち、セックスだけの仲じゃないでしょ」

ともいう。それで彼は別れ話を撤回した。一、二ヶ月に一度会って、食事をするぐらいの友達に戻った。


自分が気になることは何だろうと思う。会社は順調だ。いずれ明洙《ミョンス》、敏洙《ミンス》といった甥たちが後を継ぐだろう。兄は二男一女をもうけていた。甥たちは既に釘も一人前になすようになっていた。自分が死んでも大勢に影響はない。ただ、自分の意識が消えてなくなるというのは不安だった。しかし人はいずれ死ぬものだし、自分は自分なりに最善を尽くしてきた。大企業にはならなかったが、パチンコ店は五店舗ある。死ぬべき時が来たら死んでもいい頃だろう、と自分にいい聞かせる。しかし死ぬ前に一度朴苑順に会えないだろうか、と思った。向こうは会いたいとは思ってないかも知れない。それが恐かった。

6

パチンコ店「オーロラ」で店番をしていて腕のいい客を見ると、早稲田のパチンコ店で自分が追い返された光景を思い出す。あの時の角刈りの男の言動を思い出すと、はらわたが煮えくりかえる思いがする。釘師が釘で勝負しないで、腕の立つ客に出入り禁止を宣言するとは、本末転倒だった。だから知らず、てめえの腕でも磨きやがれ、と心の中で毒づいてしまう。

気を静めようと事務所に戻って麦茶を飲む。店にはクーラーが入っているが、事務所は扇風機だけだった。彼はタオルで汗を拭いながら、雑誌を見ていた。そこへ店員が慌てて入ってきた。

「ヤクザの奴が嫌がらせに来ています」

景品買いのヤクザの介入は、大阪で新しい景品買い取り方式が始まって、ほぼできないようになっていた。しかし店を守ってやるという口実でみかじめ料を取ろうという動きはまだあった。

金栄煥《キムヨンファン》が店に出ると派手なアロハシャツを着た男が二人、立ったまま台をバンバンと叩いていた。

「おうい、出ないぞ。金返せえ」

後ろに三人の仲間が立っている。店の外にも仲間が一人いる。椅子が無い時期なので、客は立ったままだ。他の客はそそくさと玉を持ち、景品交換をしようとしていた。完全な営業妨害である。金栄煥は台を叩いている男にいった。

「お客さん、台は叩かないで下さい」

「なんだよてめえ。玉が出ないから叩いているんじゃないか」

「穴に入ったんですか？」

「ああ入ったさ。ここにな」

と顎のとがった男は一番下のハズレの穴を指さした。

「お客さん。そこはハズレです。当たりの穴は上の穴です」

「なんだと。ハズレとどこにも書いてないぞ。入ったんだ。玉出せよ」

と若い男は金栄煥の顔に触れんばかりに顔を近づける。金栄煥は引かない。引けば相手が調子に乗るのを知っていたからだ。

朝鮮人部落にはヤクザの下っ端が何人か住んでいた。そんな連中を子供の頃から見ていたから、ヤクザの喧嘩の仕方は心得ていた。ヤクザは言葉で喧嘩をする時は、相手を徹底的に精神的に威圧し、言葉尻を捉える。そうやって相手を追い込む。言葉でらちがあかなくなるといきなり手を出す。

喧嘩の時は先ず急所を叩く。お辞儀をすると見せて鼻に頭突きをする。相手がひるむと金玉を蹴り上げる。手が届く距離ならば、掌でのど仏を突き上げる。こういう方法なら自分より強い相手でも倒せる。

金栄煥は顔を引かずに相手にいう。どんなに激しい言葉でも、ヤクザは言葉を発しているうちは手を出さない。

「上の穴に入らないと駄目です」

「何だと！」

もう一人が加わり、二人はバンバンと台を叩く。金栄煥は二人の男に言葉尻を捉えられないように考えながらいった。

「静かに遊んで頂けないのなら、お引き取り下さい」

「何だとこの野郎。それが客に対していう言葉か」

金栄煥は二人の男を睨み付けていう。

「他のお客さんに迷惑な方は、お客さんとは思いません。お引き取り下さい」

「なにお、帰れだと。客を差別するのか!?」

差別、という言葉にかちんと来た。この馬鹿どもは差別がどういうものかも分かってないくせに、と思う。

「差別はしていません。区別をしているだけです」

「何だと屁理屈いいやがって。上等じゃねえか。俺たちを客じゃないというのなら、今までに使った金を返して貰おうじゃないか」

「お金は返しません」

「なんだと。穴に入ったのに玉が出てこないじゃないか。金返せ」

馬鹿どもめ、と思う気持ちが口を滑らせた。

「お客さんが下手なだけじゃないですか」

「何だとこの野郎。いわせておけば」

その言葉を聞いた瞬間に金栄煥は相手との間合いを取れるだけ身を引いていた。急所に手や足が届かないだけの距離があれば、恐いことはない。背後にいた男の内の一人は入口付近に移動していた。店の外に居た一人も入ってくる。戦闘態勢完了というわけであった。

男は急所の攻撃ができないので普通に拳を打ってくる。しかしスローモーションのように見える。金栄煥は自分が早稲田で不当に追い出された光景を思い出す。あれこそが差別だと思う。彼の体は自然に沈む。そして腰の入ったアッパーカットが出る。男は二メートルほど後にすっ飛んだ。

「この野郎」

もう一人の男と、背後に立っていた一人、それに店の入口付近にいた男二人が同時にかかってくる。男たちの動きは遅かった。パンチングボールの予測できない動きに比べたら遊びのようなものだ。四回のウエイビングとダッキングで四人の男は床に倒れていた。全身から汗が噴き出てくる。

最初の男が、

「傷害罪で訴えてやる」

と立ち上がりながらいった。金栄煥はその男に近づくと軽くフェイントをかけて、黙って右ストレートを食らわせた。自分の額から汗が飛んだ。

「やりやがったな。貴様ただで済むと思うなよ」

転んだままそういったので、胸ぐらを掴まえて立たせ、ワンツーを浴びせた。左でボディー。相手の腕が下がったところを右フックである。そしてスリーで肘打ちをこめかみに食らわせる。ボクシングでは反則だが、喧嘩だから構わない。男は外に転がり出た。道に崩れたまま、

「この野郎」

といいかけたので、体を起こし胸ぐらを掴んでもう一度ワンツースリーを浴びせた。目が腫れ、唇が切れていた。

「ううう」

と、唸る。金栄煥はしゃがんで男の胸ぐらを掴んだ。

「どうした。ただじゃすませないといわないのか。さあ、いえよ、どうした!!」

男は手で顔を覆う。

「わあ、いわねえ、いわねえ。もう殴らないでくれ」

金栄煥はそう聞いて男の胸ぐらを放した。汗がぼたぼたと地面に落ちる。そこへ社長がやってきた。

「どうした金田！」

金栄煥は立ち上がって社長に敬意を示す。

「もう済みました。お客様に誤解があったようですが、納得して頂けました。お引き取り下さるそうです」

それから彼は五人の男を睨み付けて、

「そうだろ！」

とドスの利いた声で呼びかけた。男たちは、

「へえ」

といいながらこそこそと引き上げていった。社長は事務所で事情を聞いた。話している内に金栄煥の右の拳が腫れてきた。聞き終えた社長は、

「まずいな」

と呟いてから、

「とにかくお前は病院に行ってこい」

といった。病院に行くと、右の小指が折れていた。サポーターを嵌め、金栄煥はパチンコ店に戻った。八代正一が青ざめた顔をして事務所でしょんぼりしていた。悪い予感がした。

「何かあったのか!?」

そう聞くと、

「栄ちゃん」

と正一は泣きそうになる。

「どうした、何があったんだ！」

「乗り込んできたんだよ」

「なに！　相手は何人だ。今どこにいる」

「純子《すみこ》の親父だよ。一人で乗り込んできて、うちの娘を傷物にしたと騒いでるんだ。俺はもう終わりだよ」

何の話だ、と思った。理解できなかった。ヤクザじゃないのかと合点がいかない。それで、

「おい、何の話だ？」

と聞く。正一は涙を流しながら、

「純子《すみこ》が結婚しないで子供を産むと決めたらしいんだ。それで親に問いつめられて俺の子だと話したらしい。親父が怒って俺の家に乗り込んできたんだ」

「なあんだ、そんなことか」

と急に喉の渇きを覚える。正一は怒鳴る。

「そんなことか、はないだろ！」

金栄煥は苦笑いを浮かべ、左手で薬缶の麦茶を湯呑みに注いだ。正一はいう。

「栄ちゃんが脅かしすぎたんだよ。朝鮮人と結婚したら自分の子供は強制送還されると思いこ

んでいるんだ。だから結婚しないで一人で生んで日本人として育てるというんだ」

「それもありかもな」

と金栄煥は麦茶を一息で飲む。途端に汗がにじむのが分かった。

「何を暢気なことをいってるんだよ。結婚をするのならそれなりの解決にもなるが、結婚しないで娘を傷物にしたとなれば、それをいいがかりに、親父が、あのプライドの塊のようなうちの親父が、日本人にボロカスにいわれているんだ。朝鮮人に汚《けが》された。朝鮮人の子供をはらませられたってな」

まあ、それは嘘ではないな、と金栄煥は思ったが、思っただけでさすがに口には出さなかった。

「俺は殺されるよ。半殺しだ。親父が黙って俺を許すはずがないよ。ああ、俺は終わりだ」

金栄煥はソファに深く座って、もう一杯麦茶を飲む。

「おい、栄ちゃん、何とかいってよ」

「ああ?」

と金栄煥は頬に涙のあとがある正一を見る。そして聞いた。

「お前は結婚する気はあるのか?」

「そりゃあ、親父が俺を半殺しにしないのなら結婚だって何だってするよ」

「じゃあ大丈夫だろう」

「え?　ほんとうか」

「ああ。結婚したくないのならどうにもならんが、結婚をする気があるのなら、いずれは収まるだろう」

「ほんとうか？　本当に大丈夫か？」

「うむ。まあ、もっとも、そこに行くまでには波乱の一つや二つはあるだろうけどね」

「うわあ、それが嫌なんだよ」

と正一は頭を抱えた。正一の愚痴を聞いていると、

「社長がお見えですよ！」

とカウンター係の女性が事務所に駆け込んできた。

「直ぐそこまで来ています」

「うわっ」

正一は裏口に向かう。程なく、

「正一はいるか！」

と、社長が鬼のような形相で乗り込んできた。

「さっきまでいたんですが。どこかに出掛けたみたいです」

咄嗟に金栄煥はいう。

「あの野郎、親の顔に泥を塗りやがって」

社長はどっかとソファに腰を下ろす。

「朝鮮人に傷物にされてどこにも嫁に出せないだと？　ちくしょう。馬鹿にしやがって。日本人に馬鹿にされて我慢してなきゃならんとは、この年になって初めてだ。俺は戦前だって、日本人に一目も二目も置かせていたんだぞ。それを正一の奴」

目が燃えている。顔から火が出てきそうなぐらい肩から上にオーラが充満していた。社長は煙草を出して火をつけ、ぷかぷかとふかした。

電話が鳴る。金栄煥は黒い電話の受話器を取った。ヤクザの組からだった。社長はいるか、という。金栄煥は社長に電話を替わった。左手で重い電話の本体を持ち、ソファに座っている社長の方に回す。社長はなん言か受け答えをして電話を切った。それから金栄煥を見て受話器を戻したままの姿勢で静かにいう。

「ヤクザの本丸に乗り込むぞ。覚悟はいいか？」

金栄煥は背筋が伸びるのを感じた。

「はい！」

「何が起ころうと、俺がやれというまでは、お前は動くな。いいな。俺が殺されてもだ」

「うっ」

返事をしようとして返事ができなかった。

「どうした？　それが約束できんのならお前を連れて行くことはできん」

「分かりました。社長の許可がない限り社長が殺されても手は出しません」

「よし。行くぞ」

ヤクザの事務所に入り、ソファに座った。パチンコ屋の固いソファと違い、ふかふかのソファだった。クーラーが効いていて心地よかった。

若頭風の男が派手な色の背広を着て、向かい側に坐る。組長は後の大きなデスクに座ってこちらを眺めていた。左手には若い者とオジキと呼ばれている男。それから右手にも何人か若い者がいた。

若頭は、

「どうもこれだけ若い者を痛めつけられちゃあね」

という。

「治療費ぐらいじゃ収まりませんよ」

八代泰寅は何もいわずに坐っている。

「慰謝料を払って貰わなくちゃならないし、今後もこういう事が起こらないように、我々が店を守ってあげなくちゃならない」

社長は黙って聞いている。若頭はそれからも色々といった。しかし社長の反応がないので、大声を出した。

「この野郎、聞いてんのか。何とかいえ！」

八代泰寅は若頭をじろりと睨んだ。殺気が漂っていた。若頭はひるむ。

「何だこの野郎、その目は」

八代泰寅は静かに立ち上がると、右の壁際にある大人の胸ぐらいの高さの、大きな壺に向かった。壺にはバットが一本とゴルフのアイアンが二本刺さっていた。社長は静かに近づくと、バットを抜いた。側の若い衆がドスに手を掛ける。

社長はそいつらをちらりと見て、ウォと声を発し、大きな壺をバットで叩き割った。破片が飛び散った。それから壺の横にあるサイドボードの上の置物をバットでむちゃくちゃに叩き壊した。額から大粒の汗が噴き出る。ヤクザは誰もあっけにとられてみている。

若頭が叫んだ。

「この野郎！　何をしやがる」

社長は荒い息で壊すのをやめ、若頭と組長を振り返った。目が殺気立っていた。汗が滝のように流れる。社長は叫ぶ。

「俺は千人の土方を率いて日本軍のために飛行場をつくり、アメリカ軍と戦ってきた男だ。てめえらの脅しに、はいそうですかというと思うか。バカヤロう」

「なんだとこのやろう」

「おう、組長」

組長の、机の上に組んでいた手がぴくりと動くのが分かった。

「俺は日本軍の将校に、頭にピストル突きつけられても朝鮮人の土方を守ってきた男だ。お前にやられるぐらいなら、お前を殺して俺も死んでやる」

若いのが数人組長のもとに近寄った。

「この野郎、いわせておけば」

若頭も組長を守る姿勢になる。そして震えが掛かった声で叫んだ。

「てめえなんざ組長に近づいた途端にあの世行きだ」

八代泰寅は吠える。

「てめえも死にたきゃそこを動くな。組長を殺す前にお前を叩っ殺してやる」

「な、な、なんだと」

若頭の腰が引ける。若いのが一人八代に抱きつこうとした。しかし簡単に振り払われる。

「お前らみたいなダニは生かしちゃおけん。朝鮮人から上前はねようなんざ、とんでもない野郎だ。パチンコ業界のため、日本のためにお前を殺して、俺も死ぬ」

と、組長を指さす。そして大声で吠えた。

「今日が貴様の葬式の日だ！」

そういって八代が一歩踏み出すと、全員が一歩引いた。組長の顔は青くなっていた。若頭は浮き足立ったが、生唾を呑み込んでからいった。声がうわずっている。

「これだけの人間を相手にお前一人でやれると思うか」

「俺ができなきゃこいつがやる」

と八代泰寅は金栄煥を指さす。金栄煥はここで初めて口を開いた。

「土佐犬みたいに組長の首に死ぬまで食らいついてやるぞ！」

金栄煥の迫力にも回りのちんぴらが後ずさった。そこへオジキと呼ばれていた男が割って入った。

「まあ、まあ。殺すの何のと物騒なことだ。ここは一つそっちの希望を聞こうじゃないですか。殺し合いをしなくても済む考えがあるんじゃないんですかい？」

八代はオジキを睨む。狂気は収まらない。

「うるせえばかやろう。お前からかかってこい」

しかし、オジキは社長を睨み、真剣な顔でいう。

「話し合おうという奴を叩き殺すのが朝鮮人の魂ですかい？」

八代社長の目から狂気が少し引いたようだった。

「ほう。まともなことをいう奴もいるんだな」

組長以下全員の空気が緩むのが分かった。オジキはいう。

「まあ、坐って話しませんか」

八代はバットを立ててソファに腰を下ろした。汗がぽたぽたと床に落ちる。オジキも向かい側に坐る。彼はいった。

「そっちの希望はなんですか？」

八代はいう。

「みかじめ料は払わん」

「なるほど。それは考えるとして、うちは五人の若いのがけがをしている。これの病院代ぐらいは出してくれるんでしょうね」

「うちも一人けがをしている。出すなら四人分だ。喧嘩両成敗だ」

「なるほど」

彼は後ろを振り返って組長をみる。そして小さな声で「一本でいいですか?」と聞く。組長はこくこくと頷いた。オジキは座り直していった。

「一人二十五万の慰謝料で、四人分、全部で百万。それと壺の壊し賃が百万。都合二百万で、それで恨みっこ無しというのでどうです?」

八代は軽くいった。

「いいだろう。その代わりみかじめ料は払わんぞ。俺の店にも今後一切手出し無用だ」

オジキの目が光るのが分かった。

「いいでしょう。そうしましょう」

社長は普通の声でいう。

「金は、明日こいつに届けさせる。受取は貰うよ。用意しておいてくれ」

オジキが聞く。

「明日の何時頃ですか？」

「そうだな。銀行に行ってかき集めなけりゃならん。夕方の五時頃にしてくれ」

「わかりました。その頃待ってます」

八代は立ち上がった。そしてバットをソファに寝かす。彼は金栄煥を見て、

「帰ろう」

といった。二人は重い鉄扉の事務所を出て鉄の階段を下りた。二人並んで歩き始めた時、八代がいった。

「お前が俺の息子だったらなあ」

そして右手で彼の肩を抱いて揺すった。汗臭かったが嫌ではなかった。繁華街を暫く歩いて、社長は立ち止まった。彼は金栄煥の顔を見ていう。

「正一は人の上に立てるような人間じゃない。俺がどれだけ財産を残しても、あいつは潰してしまうだろう。あいつが乞食をしないように、助けってやってくれ」

金栄煥は少し考えた。親としてそういう心配をするのは理解できた。彼はいった。

「その役割は、今、社長のお孫さんを妊娠しているお嫁さんの役割だと思います」

八代泰寅は複雑な顔をした。

「嫁？　俺の孫？」

「結婚して子供を産めば社長の孫です。結婚すれば嫁です。正一が頼りにならなくても嫁さん

は頼りになりますし、孫はもっと頼りになります」

　少しの間があって社長はいった。

「金田、お前はいい奴だ。それだ、それがあった。結婚すれば傷物じゃあない。文句があるなら結婚すりゃあいいんだ。こっちは結婚しないといっている訳じゃない。結婚すりゃあいいんだ。そうだろ？　そうだよな」

　八代泰寅は高らかな笑い声を上げた。

「日本人だろうが何だろうが俺の孫だ。孫がいるんだ」

　翌日の夕方五時に金栄煥はヤクザの事務所に金を届けた。オジキがいて受取をくれた。金栄煥が戻ろうとした時、オジキがいった。

「若いの。ちょっと早いけど、付き合わないか」

　と酒を飲む仕草をする。少し考えて金栄煥は答えた。

「いいですよ」

　オジキは先に立って繁華街の二階にあるバーに入った。髪を綺麗に整え、真新しい服を着た女性が開店の準備をしていた。

「あらあらこんな時間に」

　と女性はいった。

「ビールをくれ」

とオジキはカウンターに坐る。金栄煥も坐った。女性はクーラーのスイッチを入れる。

「お前、名前は何ていうんだ？」

「金栄煥《きんえいかん》です」

と彼は漢字を日本語読みでいった。韓国語の読み方でいっても分からないだろうと思ってのことだった。

「本名でやってるのか？」

「ええ、まあ」

ビールが出て来る。女性が注いでくれた。綺麗な人だった。

「えらいな」

グラスを軽く合わせて、二人はビールを飲んだ。

「俺も朝鮮だ」

とオジキ。続けて出身の県の名前をいった。それからいい訳をするように、つけ加える。

「戦後の混乱期、俺にはヤクザ以外に生きる道がなかったんだ」

それは今の朝鮮人も同じだった。他人に雇われる道を目指すなら、ヤクザという「大企業」しかない。日本の一流企業は朝鮮人の履歴書を受け取ることすら拒否する。朝鮮人であれ何人であれ、その者の実力で評価する組織はヤクザぐらいしかなかった。あとはプロ野球ぐらいのものだった。そういう点ではヤクザが日本で唯一まともな「会社」だといえた。

金栄煥は兄の影響もあり、人を使う方向での生き方を目指した。自分が社長になるのなら、どんな職種でも仕事として選ぶことができた。だからヤクザにならずに済んだ。自分とこのオジキとは、紙一重の差でしかないと思った。自分も人に使われる道を目指していたらヤクザになっていたかも知れなかった。二人は黙ってビールを飲む。

「昨日はいい、しのぎだったよ」

とオジキ。

「あの社長もなかなかのもんだ」

そして彼は自分の考えをいう。

朝鮮人は日本人と違って芝居で腹を立てる。相手の反応を見ながら怒り方の程度を調節する。しかし日本人にはそんなことは分からないから、社長が組長を殺しかねないような勢いの芝居は効果があった。俺には社長の考えていることや、どこを落としどころにしようとしているかなんてことが分かるけれど、日本人には分からない。みんな浮き足立っていた。あの時点で勝負は社長の勝ちだ。普通に交渉していれば喧嘩の慰謝料を払わなければならないし、みかじめ料も要求される。だから社長は狂気を見せて、組長を殺す芝居をした。うまいもんだ。組長が狂気に怯えたから、自分のペースで交渉ができた。

「朝鮮人の一世ってのはそういう人種だからな。二世の俺は見ていて分かる。お前も分かるだろ」

「はい、なんとなく」

「俺にも子供が居るが、あいつらには分からんよ。二世は目の前で一世を見ているからな。日本人と朝鮮人の違いが手に取るように分かる。しかしな、三世より先はみんな日本人だ。朝鮮人がどういうものか、理解不能だろうさ」

それから彼は金栄煥を見ていう。

「ネヂュッコ、ナヂュッコって知ってるか?」

とオジキは聞いた。彼はつけ加える。

「朝鮮語だ。喧嘩の時にいう台詞だ。ネヂュッコ、ナヂュッコ」

その一言で幼い頃の朝鮮人部落の大人たちが甦る。彼らは酒を飲んではよく喧嘩をしていた。出口のない貧しさの中で、夫婦げんかの果てに、女が男に向かってよく叫んでいた。

「ネヂュッコ、ナヂュッコ」

それは普通は「ノル(お前を)チュギゴ(殺して)、ナド(俺も)チュンヌンダ(死ぬ)」なのだが、慶尚道などのイントネーションで早口でいうと、二世の耳にはそう聞こえた。金栄煥は一つ頷いてからいった。

「思い出しました。よくその言葉を聞きました」

「どういう意味か知ってるか?」

「さあ? 殺してやる、といった意味ですか?」

「うむ、まあそうだ」

とオジキはビールを飲む。それから話す。

「朝鮮語の喧嘩言葉で、ぶっ殺してやるという常套句なんだが、直訳すると『おまえを殺して俺も死ぬ』になる。朝鮮語でいっているぶんには『殺してやる』程度のニュアンスしかないが、それを日本語に翻訳した途端に、とんでもない決めぜりふになる」

オジキは金栄煥の顔を見てから続ける。

「日本語でも『てめえ、叩っ殺してやる』というけれど、日本語の喧嘩言葉は相手を殺して自分は生きるという前提がある。朝鮮語も本当は自分は生きて相手は殺す、という前提なのだが、言葉自体は『おまえを殺して俺も死ぬ』だ。一世は単に日本語を道具として使っているだけだから、日本語で『おまえを殺して俺も死ぬ』といったところで、使っている本人はそうは思ってない。しかし聞く方の日本人は、日本語に言霊があるから『おまえを殺して俺も死ぬ』といわれりゃ、それを本当のことだと思ってしまう。喧嘩をする時に自分が死ぬことを既に覚悟している奴ほど恐いものはないからな。だから日本人は、この言葉にたじろぐ」

なるほど、と思う。オジキは少し笑みを見せてから続ける。

「だけど俺はチョウセンだからな。あの社長が朝鮮語の喧嘩言葉をそのまま直訳しているだけだと分かる。最後の一歩は本気じゃない。怒った振りをし、狂気を演出しているだけだと見切ることができる」

ああ、そういうことだったのかと、金栄煥は黙って頷いた。オジキは続ける。

「日本と朝鮮の文化の差だよ。朝鮮語を直訳して喧嘩をすると、日本人はかなわない。言葉だけなら朝鮮語の喧嘩言葉の方がインパクトがあるからな。あの社長もいっていたが、『今日がおまえの葬式の日だ』なんていい方は、日本ではしないからな。朝鮮語では、あれも喧嘩の時の常套句だ。日本人はああいう表現を聞くとどきりとする。腰が引けるよ。喧嘩は腰が引けた時点で勝負ありだ。戦後あちこちで朝鮮人がのし上がったのは、俺は、喧嘩言葉の力の差が大きかったと思うな。文化の差だよ」

凄い文化論だな、と金栄煥は声も出ない。カウンターの中の女性が話しかける。

「へえぇ、そんな話、今まで一度も私にいってくれたことないわよ。もの凄く面白い話じゃない？」

オジキは女性を見る。

「おまえは日本人だからな。日本人には分からんよ」

「あら、日本人だからと差別しないでよ。今の話は聞いてて分かったわよ」

「本当のところは朝鮮人にしか分からないんだ」

オジキはそういってビールを飲み干す。女性はあらそう、といった顔をしてからビールを注ぐ。オジキは話を続ける。

「あの場に日本人しか居なかったら、社長の勝ちだったよ。日本人は狂人などには『触らぬ神にたたり無し』だと思っているからな。あのままヤクザの親分に詫びを入れさせて話を終わりにできたと思うぜ。しかし俺が割って入った。その瞬間に社長は半分まで譲歩することに腹を固めたと思う。半分の譲歩でも好条件だからな」

金栄煥はオジキを見る。

「そうですね。社長は全部計算づくだったと思います」

そして彼は社長が事前に、自分が指示するまで手を出すなと念押ししていたことをいった。オジキは頷いた。

「最悪の場合まで事前に想定してたわけだな。その上で一芝居打ったわけだ。凄いね、あの社長は。あれじゃないと千人の朝鮮人は守れないぜ」

と感心する。しかし直ぐに続けて、

「まあもっとも、本当のところは百人程度だろうけどな」

という。そして乾いた笑い声を上げた。金栄煥も笑った。一世のほら話は聞き飽きるほど聞いていたから十分の一はいい線だと思った。彼は中学生の頃までよその家の大人が子供に向かって話すことをその場で一緒に聞いていた。同じ話でも話すたびに人数が増えたり年数が増えたりというのは常のことだった。そんな経験から金栄煥は朝鮮人ってのはほら吹きばかりだな、と思うようになっていた。

「まあ、俺も」

とオジキは続ける。

「この商売やってるから自分の食い扶持ぐらいは稼がなきゃならん。あの社長には悪いけどな。しかし、ものを壊しているから、あのぐらい貰ってもいいだろう。社長もそのぐらいが妥当だと思ったからすんなりこちらのいい分を飲んだと思うしな」

金栄煥は、

「はい」

とオジキを見て同意を示した。金栄煥もいい落としどころだったと思っていた。

「ところで、お前はパチンコ屋で何をしてるんだ？」

金栄煥は少し考えて答えた。

「釘を叩いてます」

「釘を叩く？」

「ええ。客が楽しめるように、釘の調節をしています」

「釘師という奴だな。若いのにお前も大したもんだな」

女性がまたビールを注いでくれる。彼は師匠の池田の話をした。聞き終えて、オジキはいった。

「その師匠も大したもんだな。朝鮮人に公平に接する日本人なんて滅多にいるもんじゃない」

ビールが一本無くなった。オジキはいう。

「同じ町にいるんだ。たまには飲もうや」

金栄煥が頷く前に彼はつけ加えた。

「同じ朝鮮としてな」

「はい」

金栄煥は店を出た。心地よい酔いが回り始めていた。

7

薬局から自宅まで、タクシーで十分とかからない。いつもなら薬を貰ってタクシーで帰る。しかし金栄煥《キムヨンファン》は今日は歩いた。適当に、何も考えずに、いや、考えられずに歩いた。

結局オジキと飲んだのはあの日の一回だけだった。その後何度か女性のいるクラブで会い、黙礼をしたことはあったが、飲む機会は持てなかった。五年ほどして、新聞の記事でオジキが死んだことを知った。抗争事件に巻き込まれて、敵対する組の組員に刺し殺されたのだった。

新聞記事を見て、金栄煥はオジキの本名を初めて知った。ああ、この人も在日だったのだと改めて思った。心に朝鮮人という引け目を抱きながら、日頃は日本人の振りをして生きていた人なのだ。その上にヤクザは、強がったり粋がったりして生きて行く商売だった。日本人がそうするよりも、朝鮮人であることを隠してそうすることは大変だっただろうな、と思う。新聞を読み終えて、金栄煥は秘かにオジキの冥福を祈った。

人はみんな死んでいく。順番だと思う。思い出せば楽しいことばかりだった。死ぬことを不幸だとは思うまい。六十年間、楽しくここまで来れたことを感謝しよう。オジキとビールを飲んだあの日も、今思い出せば楽しかった。

8

東京オリンピックの翌年に金栄煥《キムヨンファン》は大学を卒業して兄の貸金会社の社員となった。社員は他に女子事務員一名と貸付と回収が担当の男子社員が二名いた。韓国がベトナム戦争に参戦するようになった。自分にもいつ召集令状が来るか分からんな、と彼は漠然とした不安を抱えていた。在日韓国人は徴兵の対象外だということを彼は知らなかった。

勤め始めた金栄煥は初めの頃は事務所にいて、金銭消費貸借契約書の作成や、抵当権設定の書類などを作成した。金利の計算、手形の作成、手形の回収、回収日の管理など、事務所でしなければならない仕事は案外多かった。半年ほどして、回収のため外回りに出るようになった。単なる貸付と回収の業務は一年程度で分かるようになった。しかし重要なのは民事執行手続きである。差し押さえ、仮差し押さえ、競売の申し立て、滌除《てきじょ》、短期賃貸借権の利用、在庫資産などの動産の早期の確保などであった。三年の間、彼は徐々に実務に慣れ、根拠となる法律も理解していった。しかし重要なことはこういう事ではない、と金栄煥は感じていた。

彼は仕事に対する情熱がなかった。簡単にいえばやり甲斐を感じなかったのである。日本人に感謝されるような仕事でなければ、在日をやっている意味はないと彼は思っていた。日本の社会を豊かで幸せにするような仕事を彼はしたかった。そのためには、釘師の方が高利貸しよりもまともな職業のように思えた。金を返せない人間を脅しつけるより、黙々と釘を叩いて、遊びを演出している方がやり甲斐があった。だから彼は正一から手伝ってくれと声が掛かったときに、迷わず引き受けることにした。師匠の池田が体調を崩し、よく休むようになった。八代社長は始め他の釘師に頼んだが、大して腕が良くなかった。それで正一が金栄煥に泣きついてきたのだった。当時の彼は高利貸しで生きて行くか、パチンコで生きて行くかで迷っていた。金貸しは、理想をいうなら、銀行が引き受けることができないリスクを引き受けて、経済の潤滑油となる職業だった。それは理屈としては分かる。しかし実際にやってみて、あまり世の中の役に立っているとは思えなかった。それに兄の命令で通名を使わされるのも嫌だった。日本の役に立つ仕事であれば、本名でしなければ意味が無かった。韓国人が日本の役に立っていると堂々と示さなければならなかった。お前達の朝鮮人差別は間違っていたと、証拠を突きつけなければならなかった。しかし通名で働いているということは、朝鮮人であることを知られてはならない職業だと、間接的にいっているようなものだった。それは不本意な人生だった。しかしかといって兄の下を去るといい出すのも勇気がいった。取りあえず彼は、金曜と土曜の夜だけ叩くことにした。

街が寝静まるころ、店に一人で立ち、台ごとの出玉情報を見ているだけで、彼には遊んでいる人間の心理が手に取るように分かった。数字だけを見て、昼間のオーロラの店内を思い浮かべることができた。彼は飲みに行くこともせず、閉店後の店内で一人で黙々と釘を叩き続けた。そして午前三時頃に家に帰って寝るだけだった。

自動車部品の孫請けをしている田中製作所というところがあった。彼は追加融資を頼みに来た田中にいった。

「社長。お金は返せる範囲内で借りないと駄目ですよ」

作業服姿の田中は頷いてからいった。

「金田さん、私だってそうしたいさ。しかし背に腹は替えられない。今この山を越えなければ、今この谷を越えなければで二十年を乗り切ってきたんだよ」

「そうやってこれからも同じ事を続けていくつもりですか？」

田中は茶をすすっていたが、はっと顔を上げる。

「何か良い方法でも」

「経営の形態を変えられませんか？」

田中の会社は、設備投資を積極的にしていた。利益は全て機械の投資に消え、金が足りなかった。

「新しい機械ばかり入れていては、何のために働いているのか分かりませんよ」

「分かってはいるんですが」

と田中は首を捻る。

「競争ですからね。元請けは、早くいいものを作るところに注文を出します。それに応えるためには、常に新しい機械を入れないと対応できないんですよ。だから、よそよりもいい機械を入れて契約を取ってきたんです。今さら競争から降りることはできないですよ」

「材料屋さんに、手形を一ヶ月延ばしてもらうことはできませんか？　そうすれば一ヶ月分の資金の余裕ができます」

「そりゃ、そうできれば最高ですけどね。材料屋さんにも、部品屋さんにも何かと無理をいって、入れて貰ってますしね。今更支払サイトを一月伸ばしてくれというのは無理な話です」

「しかしこのまま行って、いつか限界を超えると黒字倒産ということになりかねません。まだ体力がある内に手を打たないと」

田中は腕を組んで首を捻るばかりである。金栄煥は聞いた。

「部品屋さんは変えることができますか？」

「仕入れ先を変えるということですか？」

「ええ」

「いやあ指定業者ですから無理です。うち独自での加工は半分ぐらいです。そんなに多くないんですよ。部品屋さんを変えるのは無理ですよ。元請けが同意しません」

どうにもならないと、金栄煥は腕を組んでため息をつく。

「帳簿はきちんとつけてますか？」

「はい、毎日娘がつけてます」

「当面は経費節約に努めましょう。銀行の借入が大き過ぎるんですよ。これの返済のために資金繰りが苦しくなっている」

「その金で工場兼自宅の土地建物を買ってますからね。担保になっているんですよ。その担保がなかったら、銀行は見向きもしてくれません」

「銀行の借入期間を倍にできれば会社は回るんですけどね。銀行に話してみましたか」

「いやあ、銀行さんは私らみたいな零細企業のいうことはまともに聞いちゃあくれませんよ。金田さんみたいにこうすれば金《かね》が回るといってくれた人は、今までに誰もいません。銀行も街《まち》金《きん》も合わせて、金田さんだけですよ。ほかの人は金《かね》を回収することしか考えてないです」

ううむ、と金栄煥は腕を組む。貸金業のなすべきことは、客に発展して貰うことであり、取り立てを優先させて客を倒産させることではないと彼は考えていた。田中製作所が自分の会社なら先ず第一に銀行と交渉に行くところだったが、他人の会社である。金栄煥がしゃしゃり出る幕ではなかった。

「資金計画と事業計画を立てましょうよ。それで一度銀行に交渉に行ってみて下さい。数字を見ても銀行の態度が変わらないんじゃ、その時は仕方がないでしょう」

その日から金栄煥は田中の娘の美佐枝と協力して、三日で資料を作り上げた。その当時はそろばんで計算して方眼紙に数字とグラフを書き込んでいかなければならなかった。二人は日付が変わる頃までかかって銀行提出用の書類を作った。

家に帰り、裏のドアを開けると、母親が部屋から出て来るのに出くわした。トイレだろうと思った。

「栄ちゃん、お前、毎日、遅いね」

「うん。起こしちゃった？」

「いいや。喉が渇いてね」

そして母親はいう。

「お前この頃、ちゅら（辛）そタよ。高校、大学の頃、八代しゃちょ（社長）のとこに行ってた頃は、お前は元気タったよ」

「うむ」

彼は力なく頷いた。

「仕事が嫌なんチャないのか？」

「うむ」

「ヒョナには、ウチが話すから、仕事が嫌ならやめたらトう？　好きな仕事しなきゃ」

「ありがとう。その内兄貴と話すよ」

彼は母親に感謝しながら寝床に潜り込んだ。

そうやって作った資料を示しても銀行の担当者は興味を示してくれなかった。「そうですか」で終わりだった。銀行では担当者がこちらの味方になり、稟議書を書いてくれなければ、何事も始まらなかった。金栄煥は落胆したが、それからも時々田中の会社に行って帳簿を見たりしていた。

テレビで金喜老事件が報道されている寒い最中のことだった。ライフルで人質を取られていたために、テレビは在日韓国人寄りの報道をしていた。ざまあみやがれと思いながらも、犯罪を犯している同じ韓国人を複雑な思いで見ていた。夜の八時頃田中が事務所に尋ねてきた。そして手提げ鞄から三百万円を出す。

「これ。借りた金を返します」

返済期限はまだ先である。金栄煥は田中を見た。田中は憔悴しきった顔をしていた。禿げた頭からは細いもやしのような毛が何本も立ち上がっていた。

「あさっての手形を落とせません。不渡りになります。倒産ですわ」

「だったらこの金を使わないと」

「いやいや、次は落とせてもその次は駄目です。これでは足りません。もう疲れました。金田さんは今までよくしてくれました。金田さんだけですよ。私が良くなるようにと金と知恵を貸してくれたのは。だから金田さんの金だけは返したかった。五十万と、最後の利息が足りないけれど、返します」

田中はテーブルに置いた三百万円を押し出した。金栄煥は腕を組む。何とかならぬものかと腹立たしい。

「夜逃げをする気はないですか?」

と金栄煥は聞いた。自己破産は時間も金もかかる。それに会社の役員になれないなどの色んな制約も受ける。しかし夜逃げならばそんなことはない。金は、返せるようになってから返せばいいだけのことである。

「夜逃げですか？」

と田中は考える。

「ええ。知らない土地に行ってやり直すんです」

「もう、この歳ですからね。それに踏み倒すというのは好きじゃない。殴られる方がまだいい」

そういわれると、もはや言うことはなかった。金栄煥は領収書を書いて三百万円を受け取った。

手形不渡りの連絡を受けて、金栄煥も田中の工場に顔を出した。行きたくはなかったが、他の街金の手前、自分だけが行かないのはおかしな話だった。

田中夫婦は正座して坐り、娘の美佐枝共々、取り立ての男たちに頭を下げていた。美佐枝は涙を流していた。金栄煥と目が合うと、更に悲しそうな目をした。

一週間後、田中は心労から倒れて入院し、半身不随になった。金栄煥が見舞いに行くと、田中はろれつの回らぬ口で、涙を流しながらいった。

「あの時、夜逃げをしていたら良かった」

しかし今更どうにもならなかった。あの時なら自分の独断で三百万を受け取らないで夜逃げ資金にすることもできた。

それから十日ほどして、美佐枝から電話があった。指定された喫茶店に行った。美佐枝はトルコ風呂、すなわち今のソープランドで働くことに同意し、他の街金の金を返すことにしたという。明日の十二時にソープランドで会い、前金を受け取って街金に渡す約束になっていた。

「私はそのあとで店の男に抱かれて仕事の仕方を教わります。金田さん、そうなる前に私を抱いてくれませんか」

うっと言葉が詰まる。横井春江に誘われて御宿に行ったのとはわけが違う。返事ができないでいると、

「私が嫌いですか?」

という。今までに何度かソープに行ったことはあったが、そこの女たち一人一人にこういうストーリーがあったのだと、改めて知った。彼は美佐枝を見て、

「いいえ。そんなことはありません」

という。特別に美人ではなかったが、整った顔つきをしていた。彼女はいう。

「負担に思わないで下さい。金田さんに抱かれたからといって、責任を取って貰おうとか、そんなことは考えていません」

「分かります。分かっています」

金栄煥は東京の有名ホテルのスイートルームに予約を入れようとした。しかし既にどこも予

約が入っていたので、一番いいダブルベッドの部屋を予約した。彼は銀座に出てフランス料理店で食事をした。食事のあとでホテルに向かった。しかし彼のものは役に立たなかった。美佐枝は、

「ごめんなさい。私が変なことを頼んだから」

と彼をいたわった。彼女は経験がなかったので、男のものを自分の口で包んで、奮い立たせるという方法を知らなかった。彼もまた、そんな方法を求めなかった。

「どうも、面目ない」

「いいえ。お陰で新婚旅行のような気分を味わうことができたわ。ありがとう。あなたの心遣いは一生忘れません」

朝、二人はホテルのレストランで軽い食事を採った。ホテルの玄関を出て、そのまま二人は別れた。何とも情けなくも味気ない思い出となった。

同じ年の秋に釘の師匠である池田が入院した。肝臓癌の末期だった。見舞いに行った時には虫の息だった。同居の女性が看病していた。美人ではなかったが、品のある大人しそうな人だった。こういう人まで赤線で働いていたのかと思った。そして夫と池田という二人の男に同時に仕えていたのだ。何とも過酷な運命だと思った。

「おう金田か」

と池田は苦しい息でいう。

「やっと俺の番が回ってきたよ。これで昔の仲間に会えるってもんだ」

金栄煥は頷いた。彼にはいうべき言葉がなかった。

三日後、池田は息を引き取った。通夜はお寺でする。本堂にじっと坐っていると寒かった。日本酒を飲んで体を温めた。ほんのり赤い顔をした八代正一がいった。

「栄ちゃん、戻って来てくれないか？　他の釘師はダメだよ。栄ちゃんじゃないと、俺の店は潰れてしまうよ」

彼の背後には妻となった純子が喪服を着て座っている。彼女は子供を二人産み、八代の家の嫁として立派に働いていた。正一はその性格も行動も彼女に把握されていた。彼女は静かに金栄煥に黙礼した。

金栄煥は腕を組んで背筋を伸ばす。祭壇の池田の写真を見る。自分には金貸しは向いてないと思う。釘を媒介にして客と対した方が気が楽だ。他人の人生を壊すこともない。正一は続ける。

「今はパチンコはどこも客が減って大変なんだ。人手不足は年中だし。新しく出た玉の自動補給システムを入れたから手形を落とすのに四苦八苦してるし。腕の良い釘師が要るんだよ。全国でパチンコ屋がバタバタと潰れてる時代なんだ。たまに池田さんが来てくれたけど、池田さんはアル中だろ？　酒を飲まないと手が震えて使い物にならないんだ。しかし飲むと、からだがボロボロで全部吐き戻す始末でさ。たまに来てくれても殆ど仕事にならなくてなあ。栄ちゃん、週末だけじゃダメだよ。困ってんだよ。なあ、頼むよ」

下手な釘師は入賞周りしか見ない。入賞というのは穴に玉が入ることをいう。池田のように腕の良い釘師は玉筋をコントロールする。入賞口に流れる玉と外れる玉をコントロールし、入賞口に向かう玉は高い確率で穴に入るようにする。客はストレスを感じない。客の期待に応える釘にしてやれば、客は台から離れない。

パチンコは単に店が勝てばよいというものではない。勝ち方が問題なのだ。ハラハラどきどきさせ、期待を裏切らず、楽しく遊んで貰って結局は店が金を頂く。そういう商売である。釘師はそのような釘を演出することができなければならない。

短期的に店が儲かるようにすることはできる。そうするためには単純に釘を閉めればいいだけの話である。だがそうすると客は離れる。客を惹きつけて長期的に店が儲かるようにするのは、至難である。

釘師はピアノの演奏家に似ていた。ピアノは誰でも鍵盤を叩けば音を出すことが出来るが、きちんと演奏できるのは限られた人たちだけだ。釘も叩くだけなら誰でも叩ける。しかしパチンコの盤面全体にハーモニーを作り出し、心地よいメロディーを響かせることができるのは、限られた釘師だけだった。

金栄煥は組んでいた腕をほどいた。

「俺も自分は金貸しには向いてないと思っていたところだ。兄貴に頼んでみるよ」

「ありがたい！」

正一の顔に笑顔が弾けた。背後で純子が今度は深く頭を下げる。金栄煥は正一をたしなめる。

「おい、通夜だぜ」

「なあに、池田さんも喜んでるさ。そうだろ」

金栄煥は頷いた。正一は笑顔である。そして酒を飲む。

金栄煥が兄の金賢煥《キムヒョヌアン》に退職したい旨を告げた時、兄は念押しをした。

「俺はいずれはパチンコ屋をする。その時お前は八代さんの会社を辞めなければならないし、うちのパチンコ店は八代さんの競争相手になるかもしれない。事前にそのことはちゃんといっておけよ」

「分かりました」

金栄煥は兄にいわれた通り八代親子に告げた。八代社長は、

「まあ、そうなれば、お前がヒョン（兄）のところに戻るのは当然のことだな」

といった。そして正一を見ていう。

「そうなった時のために正一、お前は金田に釘を習うんだ。きちんと釘を叩けるようになれ」

正一は渋々同意した。しかし正一が釘を叩いていたのはせいぜい三週間で一月と経たない内に飲み屋通いを再開し、碌に店を見ようとしなかった。

「オーロラ」は寂れていた。しかし彼は、客を呼び戻すのは三ヶ月もあれば目途がつくと思っていた。問題は自分の後任の釘師で、これを育てるあてはなかった。正一は三週間で挫折した

し、店員は相変わらず流れ者ばかりで一年間居続けているものは希だった。

流行歌で新聞配達をする少年の歌がヒットしてから、パチンコ店に来る男たちは履歴書に「山田太郎」と書いてきた。八代正一はそんな履歴書を見て流れ者の男にいう。

「おい、今月は山田太郎は二人目だぜ。おまえは山口太郎にしろや」

「へい、分かりました。山口太郎にします」

そんな調子で人はやって来、そして給料日の翌日には消えていた。定着する従業員はいなかった。

連発式が再開された。パチンコ玉をレバーを引いて弾いていたのが、モーターでハンマーを動かして連続的に打ち出すようになった。しかしパチンコ人気は回復しなかった。椅子を入れて、それまでのように立って打たなくても良《い》いようなサービスをしても、全国のパチンコ店は減っていくばかりだった。

金栄煥のお陰で正一の店は繁盛するようになっていた。金栄煥は客の表情を見るためと、流れ者の従業員を管理するために、一日中店から離れることができなかった。アポロの月面着陸も店の事務所で見た。ガガーリンが宇宙を飛んで十年経たない内に人類は月まで行った。次の十年で今度は火星まで行くんじゃなかろうかと彼は興奮した。

それから数年して一人の若者が面接に現れた。その時はたまたま正一も店にいた。若者はカウンター担当の女性に促されて事務所に入ってくる。おどおどとしてあちこちを見回している。

しかし面構えはふてぶてしいし、体つきも筋肉質である。ヤクザの下っ端だといわれても全く疑問に思わないような若者だった。正一がいった。

「採用希望かい？」

「はい、いえ、あのう、アルバイトでもいいでしょうか？」

「アルバイト？」

「自分は学生なもんで」

「大学生なのか？」

「はい」

正一は金栄煥を見ていう。

「聞いたか栄ちゃん。遂にこの業界にも大学生が働きに来るようになったぜ」

そして正一は学生に向いていう。

「大学生ってことは、お前は字が書けるよな。漢字読めるか？」

「は？」

と学生は怪訝な顔をする。無理もない。大学まで行っている人間なら、現代の日本に字が書けなかったり漢字が読めない人間がいるなどとは思わないだろう。しかし当時のパチンコ業界の従業員の識字率は低かった。流れ者の中には自分の名前すら書けない者もいた。

「おう、この新聞読んでみろ」

と正一は机の上の朝刊を学生に渡した。冗談ではないようだと、学生は朝刊の一面をすらすらと読む。正一は喜んだ。

「こりゃあ本物の大学生だ。漢字が読めるぞ。よしよし合格。絶対合格！」

学生は宇田浩《ひろし》といった。彼は釘師を志望した。金栄煥は彼に釘師の教育を始めた。

「先生」

と宇田浩が呼ぶので、

「店長でいいよ、店長で」

と、いった。池田と同じく、彼も他人から先生と呼ばれたくなかった。大したことを教えている訳じゃないという意識が強かった。

宇田浩は殆ど大学に顔を出さなかった。店の人手が足りないと自分の下宿の後輩を連れてきて店員として働かせたりした。金栄煥は夕方から顔を出せば足りるようになった。

時間のゆとりができると、彼には長年疑問だった朝鮮や在日朝鮮人に対する知識欲が芽生えてきた。彼は毎日数時間図書館に行って本を読むようになった。本を買う金はあったが、本は買わなかった。彼は身の回りにものが増えるのは余り好きではなかった。本は借りて帰ることもできたが、家では本を読もうという気になれなかった。それで、結局は図書館に行って読んでいた。

9

薬局で処方された薬を貰っての帰り道、金栄煥は背中から胸にかけての痛みで歩けなくなり、公園のベンチに座った。呼吸が荒い。少し落ち着いて景色が見えてきた。夏の日が残る日差しの中で、欅《けやき》の葉が色づき始めている。木の周りの地面には枯れ葉が数枚落ちていた。

砂場で遊ぶ子供の回りに若い母親たちがたむろしている。公園デビューなどという変な日本語が使われるようになっていた。貧しい頃の日本の方が幸せだったように思った。昔は他人と自分との間にそれほど高い壁は存在しなかったと思う。

ブランコを見て昔見た『生きる』という映画を思い出した。あの主人公は死んでも死にきれぬという思いに衝き動かされて残りの人生を生きた。しかし自分にはそこまでの思いはない。何かをしなければならないという焦りもなく、何かをしたいという衝動もない。ただ、虚しいのだ。六十年を生きてみたが、こんなものだったのかと気が抜けているのだ。

池田を思い出す。死なせた部下たちのためにも有意義な人生を願っていただろうに、結局はただ死ぬ日が来るのを待つだけの人生になっていた。

自分にも終わりが近づいている。順番といえば順番だ。自分の番が来たに過ぎない。しかし虚しい。

朴苑順《パクウォンスン》の顔が浮かぶ。いま会えば、老けた顔を見て失望を味わうのではないかと思う。もっともそれは向こうにしても同じだろう。記憶は歳を取らない。それ故に残酷だ。自分は朴苑順の老いた顔に耐えられるだろうか。それでも会いたいだろうか？

「金《キム》さん、おはようございます」

と彼女の声が聞こえる。もう一度あの声を聞きたいと思う。あの声に包まれて死にたいと願う。

彼女には不思議な魅力があった。人に同意を示したり「ありがとう」と礼をいう時の声には魂が籠もっており、その声を聞いただけで癒されるような感じがした。いつも控えめで相手に対する気配りが上手で、彼は何度か話している内に、その声を聞くだけでほっと安心してしまうようになった。

だから折にふれ彼女の声を思い出してしまう。そして思い出すたびに幸せな気持ちになった。

10

札幌オリンピックのあとで浅間山荘事件があった。事務所でテレビを見ながら正一が、

「あいつら馬鹿じゃねえの？」

という。

「日本で革命なんか起きるわけねえだろ」

そして、

「なあ」

と金栄煥《キムヨンファン》と宇田浩に同意を求める。それから宇田を見て、

「いまの学生はみんなああなのか？」

「いや、そんなことないですよ。あいつら全共闘世代ですから。俺たちは遅れてきた世代とか、しらけの世代とかいわれてます。あいつら馬鹿だと思いますよ」

正一は満足げに頷く。宇田は聞く。

「専務の時代はどうだったんですか？」

「俺たちか？」

「はい」

「俺とか店長の時代はナンパ天国よ。聞きたい？　またまた聞きたい？　俺のナンパ百人切り」

正一は嬉しそうに話し出す。女を如何に喜ばせたかという話だから宇田浩も面白がって聞く。話のオチは百人目でしくじって、弁慶が義経の子分になったように自分は純子《すみこ》の尻に敷かれているというものだった。話の大きな流れは同じだったが、しかし正一は話術巧みに毎回違うネタでおもしろおかしく話して聞かせた。そして、

「ひろしは日本人だから損だよな」

という。

「だって、韓国人だといって女と切れることができないじゃん」

宇田は少し考えて、それから、

「確かに」

と納得する。

「良《い》いとこの家の女ほどな、俺が韓国人だというとすんなり別れてくれたもんだ。それを純子の馬鹿たれは、この栄ちゃんのいうことも聞かずに俺を離さなかったんだからな。全く。お陰で俺は運の尽きさ」

話し終わってから、正一は金栄煥に声を掛け、最近導入したホールコンピューターを指さす。そのコンピューターのお陰で事務所に居ながらにして玉の動きが完全に把握されるようになったのである。併せて台間玉貸し機や紙幣玉貸し機が設置されて人間が手で玉を貸す旧式の器具は撤去された。ホールコンピューターの表示部分はナナセグと呼ばれる「8」の字型の小さな

赤い電光管がいくつかあるだけで、一台ずつのデータしか表示できなかったが、それでも画期的なものだった。

「こいつで玉の管理ができるようになったのはいいんだが、機械の中身通りの数字しか出ないよな」

正一は売上やセーフ、アウトの玉のデータが、コンピューターが把握した通りのものしか出ないといいたいらしかった。セーフというのは台が客に戻した玉で、アウトというのは、客が台に打ち込んだ玉をいった。

「それは、そうだろう」

と金栄煥。正一は彼を見る。

「それだったら税務署に売上を全部把握されてしまうじゃないの」

何がいいたいのかよく分からなかった。

「脱税したいってこと?」

「あったりまえじゃん。誰が好きこのんで税金払うんだよ」

「ふむ。それだったらデーターを全部捨ててしまえばいい。そうすれば税務署は分からないよ」

「この機械を入れてデータが全く何もないというのはおかしくないか?」

「釘のためのデータだから、釘を叩いたらあっても必要がない情報だろう? だから棄てたといえばいいんじゃないの? だけどそんなことをしてたら店は大きくならないよ」

「どうしてさ」

「データを捨てたら管理ができないよ。税金はごまかせるかも知れないが、店長が猫ばばしても、全く分からなくなる。税金を百円誤魔化して、店長に二百円抜かれたら、何のために脱税してるのか分からないだろ？　だから脱税できる程度の規模の店というのは、家族だけで手が足りてしまう小さな店だよ。何店舗も持ちたかったらデータは捨てられないし、データを残す以上は脱税はできないよ」

「なあるほど」

と正一は腕を組んで深いため息をついた。それから考えていう。

「二重帳簿つけるみたいに、コンピューターのデーターを二重にできないかな」

「さて、そんなうまい方法があるのかねえ」

正一は宇田を振り返る。

「おい、ひろし。おまえの学校に電子工学科はあるか？」

「はい、あります。自分の下宿にも一人います」

「よし」

と正一はにんまりと笑う。それからコンピューターのボタンを押して玉のデーターを打ち出す。コンピューターはリセットを掛けるとデーターが総て消えた。当時はハードディスクなど無い時代だった。だから必要なデーターはメモしたり打ち出したりしていなければならなかった。コンピューターが打ち出すレシートはトイレットペーパーの三分の二ほどの幅だった。そこに数字が連続して印字されていた。

「このレシートみたいに、自分が出したい数字を印字できるようにしてくれ」

と彼はレシートを宇田に渡す。

「要はだな、この売上の数字をこちらの思う通りの数字にしたいんだ」

「ああ、なるほど」

と宇田はプリンターが印字したレシートを見る。

「秋葉原に行けば何かあるだろう。材料費は全額こちらで負担する。それ以外に成功報酬で、十万出そうじゃないか、十万」

「え？　十万ですか？」

「ああ、そのぐらい出してもいいよ」

金栄煥は二人を横目で見ていう。

「俺は、そんな努力をするぐらいなら客を増やしたり、新店を出したりする工夫をした方がいいと思うけどな。税金を誤魔化す工夫をするよりは、それ以上に儲ける工夫をする方がいいと思うけど」

正一はいった。

「俺は日本には税金を払いたくねえんだよ。俺たちを差別したいだけ差別してきたんだ。税金を払う義理はないよ」

金栄煥は一つ頷いて正一の怒りをかわした。そしていう。

「その台詞を社長がいうのなら分かるよ。一世の苦労は半端じゃなかったからな。俺たちは差別されたといっても日本に徴兵されたり強制連行されたりしたわけじゃない。社長の世代は国を盗られたんだから大変だったさ。確かに差別はまだまだきついが、しかし俺たちは日本に育てて貰ったという側面もある。日本で稼いでいる以上は、ショバ代ぐらいは払うべきだと思うけどな。税金払った上で、差別するなというべきだよ」

「もういうなよ。俺の責任で日本に税金を払わないんだから」

ふむ、と金栄煥はきびすを返して店に出る。正一にはいっても無駄なようだと悟った。

一週間後、宇田が友人を伴ってやってきた。友人は鞄から小型のプリンターを取り出す。プリンターには最近発売された小型卓上電子計算機が電線で繋がれていた。電卓に数字を打ち込み、それからプリンタのボタンを押すとホールコンピューターのようなレシートが出て来た。正一は興奮した。

「これだ。こいつだよ、俺が欲しかったのは！」

しかしレシートは切り取りの形状がホールコンピューターのレシートと違っていた。それで正一はレシートの端を鋏で切って誤魔化した。その日から正一はニセの売上記録を作って保管し、帳簿にもその数字を記帳した。そうやって彼は銀座や六本木で遊ぶ金を調達した。

お盆も過ぎ、赤とんぼが目につき始めた頃、金栄煥は専務の正一とともにパチンコ組合の会議に参加した。

初めに警察のパチンコを管轄する部署の課長が粗末な壇上に上がる。彼は健全娯楽であるパチンコを守らなければならないと挨拶をした。次いで組合長が壇上に立ち、貸し玉が一玉二円から三円になることを告げる。そして百円での貸し玉は三十四玉出すようにと指示する。そのあとで色々と教訓めいたことをいった。事務方のものが具体的な内容は郵送するといって会議は終了した。

そのあとは飲み会である。一次会では警察の幹部と退職した先代のOBの接待をする。二次会になると警察のお守りを組合幹部になっているパチンコ店のオーナーに押しつけてそれ以外の者は行きつけの飲み屋に行く。組合の幹部をしている者には朝鮮人の年寄りが多かった。日本人のパチンコ屋はそれほど数が多くなかったが、本人が固辞しない限りは幹部になって貰っていた。日本人は当然の事ながら名前が日本名だったからである。これと同じ理由で朝鮮人で幹部になっている者は暗黙の了解で日本名を使っていた。

朝鮮で生まれて育った者は、長幼の序の区別が厳しかった。親の世代と子供の世代は酒の席を一緒にしない。このため世代の違うグループは必ず違う飲み屋に行った。

八代正一はあるクラブのママに入れあげていた。年齢不詳だったが、まだ二十代に見えた。笑顔が魅力的な人だった。今日も八代の先導でその店に入った。

パチンコ店の若いオーナーたちは女の子に囲まれて大声で時局を論じ、猥談をしていた。オーナーについてきた使用人たちは離れたテーブルで焦眉の急である台間玉貸し機をどうするか、を話し合っていた。玉が一玉二円から三円になることにより、台間玉貸し機を総て取り替えなければならなかった。投資金額も莫大だったが、それより一晩の内に総てのパチンコ屋が入れ替えなければならないから、業者の手配が大変だった。一応組合ごとに入替のスケジュールは決まっていたものの、いざ作業に取りかかった時に何が起こるか分からないのがこの業界の常だった。それで同業者同士は不安で、顔を合わせると情報交換を積極的にしていた。それから勿論、時には女の子に向かって小声で猥談をいった。金栄煥はそんな端の席の更に端で水割りを飲んでいた。

和服姿の女性が来た。八代正一お気に入りのママさんであった。

「金さん、全然来て下さらないんですね」

そういわれて金栄煥は考えるが、前にいつ来たか思い出せない。

「ええと二ヶ月ぐらい前でしたっけ？」

ママはすまし顔でいう。

「半年になります」

「そんな昔のこと、よく覚えてますね」

「商売ですもの。で、次はいつ来て下さるの？」

この展開は映画のカサブランカだな、と金栄煥は思った。それでいう。

「そんな先のことは分からないですよ」

「まあ、いい男ぶっちゃって」

とママは彼のグラスに氷を足す。彼はいう。

「ハンフリーボガード？」

「そう。ハンフリーボガード。金さんもあの映画見たのね」

「勿論です」

「ところで前回の話の続きを聞かせて下さい」

そういわれても彼は自分が何を話したのか全く覚えてなかった。

「あ、忘れてるんだ」

と、彼女は子供を叱る時のような顔をした。

「私の名前も忘れているでしょう？」

彼は考える。そしていう。

「ママでしょ？」

「ええ、ママです」

そういって彼女は待っている。

「マリアでしたっけ？」

「ほーら、忘れてる。麻里です」

「ああ、そうだった。麻里だ」

「話の続き思い出していて下さいね」

と麻里はいって八代たちの席に移動した。

ほどなく麻里が戻ってきた。金栄煥は時計を見る。パチンコ店の閉店の時間である。宇田浩が来てからは彼ものんびりしているが、それまでは閉店の一時間前には店に入っていた。その頃から金の勘定を始めないと釘を叩く時間を確保できなかったのだ。この時間に外で酒を飲んでのんびりしていられるのは、補給管理のコンピューターを入れたからできることであった。コンピューターが玉の出入りを把握しているので、あとからデーターを見て金銭のごまかしがないことを確認できた。それまでは閉店時にオーナーがいなければごまかされても分からないのがこの商売だった。

麻里は笑顔で聞く。

「思い出しました？」

「すみません、全然思い出せません」

「嫌いな食べ物の味は、それが好きな人が感じている味と同じか違うか？」

考えるが、自分がそういうことを話題にした記憶がない。

「そんなこと私、いいました？」

ママは悪戯っぽい笑いを浮かべる。

「本当は私が今いったんです。どう思います金さん?」

どうもこのママは脳の線が何本か切れているのではないかと思ったりする。もっとも八代から見るとこういう対処の仕方をカワイイと感じるのだろうと考えた。

「ねえ、金さん。どう思います?」

そう、と彼は考える。人にはアレルギーというものがある。アレルギーを起こすのはその人にとっては毒になるものが入って来るからだ。毒であれば美味しい味をしているはずがないと思った。だから人により、感じている味は違うはずだと考えた。彼は自分の考えをいった。

「へえ、なるほどねえ」

と麻里は考える。

「そうすると好き嫌いは自然なことなのね。食わず嫌いなんてどんどんすればいいんだ?」

「そう思いますけどねえ」

「私はいままで嫌いなものは慣れれば治ると思っていたわ。同じ食べ物なら誰でも同じ味を感じていると思っていた」

金栄煥は考えながらいった。

「もしかしたら同じかも知れませんよ。私は専門家じゃないから分からないけれど」

「だけど金さんがいうように人にはアレルギーというのがあるんだから」

と、麻里がここまで話した時、新しい客が入ってきた。ママは客を迎える。それを機に金栄煥も立ち上がった。それから、そっと専務に先に帰る旨を告げ、他店の店長たちにも挨拶をして彼は店を出た。若い娘が彼を見送るためについてきた。慌てて麻里もエレベーターまでやってくる。

「もう帰っちゃうんですか?」

「ええ。ちょっと店に寄りたいもんで」

「まじめね。お宅の専務さんなんか来ると必ず私を家まで送ってくれるのよ」

「専務はママさんのファンですからね」

「あら、金さんは違うんですか?」

「私は不安《ファン》ですね」

不安の発音をゆっくりといった。麻里は手を叩き、

「うまい、座布団一枚!」

という。「笑点」というテレビ番組が人気になっていた。ママはそれを真似たのだった。三人はエレベーターに乗って地上に降りた。

翌朝はいつも通り九時前に「オーロラ」に出た。朝食のあとで開店の準備をする。開店してしまうとあとは二階に行って二時間ほど仮眠を取る。お昼を再び「オーロラ」の食堂でとり、それから図書館に行く。彼が二時間ほど本を読んで車で店に戻ろうと大通りの手前で信号待ち

をしていた時のことだった。

「あら、金さん」

とティーシャツにジーパンばきの女性が声を掛ける。横断歩道の脇から近づいてきた女性を見て、初めて昨日のママさんだと気がついた。彼は左ハンドルのベンツに乗っていた。彼女は買い物籠を下げたまま、

「こんなところでどうしたの？」

金栄煥は車を脇に寄せて降り立った。化粧気のない彼女の顔は別人に見えた。彼はいう。

「驚いたなあ、こんなところで会うとは」

「それはこっちの台詞よ。どうしたのこんな時間にこんなところで。もしかして私の家を探していたの？」

「いいえ、図書館で本を読んでいたんです」

「ええ？　学生でもないのに？」

「ええ、まあ」

「まじめねえ」

感心してから麻里はつけ加える。

「こうして会ったのも神様の思し召しよ。昨日の代わりにいまから送って頂戴。直ぐそこのマンションなの」

金栄煥は考えた。店には宇田がいるし､慌てて帰る必要はない。彼は麻里を助手席に乗せた。

「金さん店長なのにベンツなんて凄いわね」

「兄貴のお下がりですよ。自分の給料じゃベンツを買えません」

「お兄さんもパチンコ屋さんなんですか？」

「私の兄は金貸しをしています。私も一時期そこで働いていました」

「へえそうなんですか。あ、そこの信号左です」

「金が返せない人には、ベンツで払って貰ったりするんです。だからうちは兄貴も私も車なんか買ったことないですよ。いつもそういう車に乗っていましたから」

「へええ、じゃあこのベンツ只ですか？」

「厳密には只じゃありません。貸した金が焦げ付いてますから」

「ああそうね。でも、大分安く買ってますよね」

「それはそうでしょうね」

マンションの前で車を止めた。

「どうもありがとう。上がってコーヒーでも飲んでいかない？　丁度モカマタリを買ってきたところなの」

金栄煥はモカマタリがどういうものか知らなかった。流行歌の歌詞では知っていたが、飲んだことはなかった。麻里はつけ加える。

「金さんだから誘うのよ。専務は一度も家に上げたことはないわ」

「それはどうも、光栄です」

彼は駐車場に車を止め、買い物籠を持って麻里に続いた。マンションは綺麗だった。窓を開け放つと白いレースのカーテンがゆれ、爽やかな風が入ってくる。

麻里はリビングの上の神棚を指さした。

「私の神様なの。お白《しろ》さまというのよ」

彼女はそういってパンパンと柏手を二度打つ。それから二拝し、

「有り難うございます。有り難うございます」

と唱えて、再度柏手を二回打つ。

「私ね、お白《しろ》さまを信じるようになってからもの凄く運がいいの」

彼女は嬉しそうにいった。彼女はお白さまを信じる新興宗教の信者のようだった。誘われたくないな、と金栄煥は思いながらテーブルの椅子に腰を下ろした。麻里は電動のミルで豆を挽いた。良い香りが広がった。ドリップでコーヒーを出す。

「どうぞ」

出されたカップから上がる湯気が粘り気を持っているように揺れ動いていた。琥珀色の液体を口に含んでみた。

「や、これはうまい」

麻里は微笑む。

「そうでしょう」

「しかし豪華なマンションですね」

「高いと思うわ。だけど私が買ったんじゃないから分かんないわ。店のオーナーが買ってくれたものだから」

状況がよく飲み込めなかった。

「雇われママなのよ私。オーナーに雇われてるの」

ああ、と金栄煥は頷く。

「お白《しろ》さまを信じるようになってね。あの人に拾われたの。お陰で私たち親子は飢え死にしないで済んだのよ」

「お子さんがいるんですか？」

「ええ。もう高校三年よ。いまは受験勉強の真っ最中。生意気盛りで自分一人で大きくなったような顔をしているわ。私が戸田、ああ、オーナーの名前なんだけどね。戸田に囲われているのが気に入らないのよ。自分にまで色目を使うエロじじいだといってね」

子供は娘なのだと考え、なるほど、と彼はコーヒーを口に含む。そして娘が高校三年生なら、麻里は娘を二十歳で生んだとしても三十八歳になると計算する。俺より八歳も年上なんだ、と考えた。それから麻里を見る。どう見ても二十七、八ぐらいにしか見えなかった。彼女はコーヒーを飲んでいる間中しゃべっていた。

自分は男運が悪くて、娘の父親は自分が妊娠したことを知ると行方をくらませてしまった。次の男は手癖が悪く、自分が水商売で稼いだ金を総てくすねては競輪につぎ込んだ。娘のために水商売はやめて内職だけで生活してみようとしたが、結局は過労で倒れてしまった。子連れの男と結婚をしたことがあったが、体《てい》のいい家政婦扱いで、先妻の子との折り合いも悪く、結局は離婚した。いよいよ駄目だこのままでは飢え死にするしかないという時に米屋の主人がお白さまの信者で、お白さまに加入するならと米を只で分けてくれた。そんなだから最初は信じてなかった。しかしお白さまの仲間の中にビルのオーナーがいて、そこの一室を借りてスナックを始めたところ、客がたくさん来て生活に困らなくなった。更には戸田が客としてきてクラブのママとしてスカウトされた。いまでは生活の心配は全くない。クラブの経営も順調である。

「これもね、ほんと。お白《しろ》さまの御利益のたまものです」

金栄煥は黙って頷いた。きりのいいところで彼はいとま乞いをした。麻里は室内を案内するという。

お風呂ではシャワーが使えるようになっていた。浴槽の隣についてるガス湯沸かし器にシャワーのホースがつながっている。生活はどんどん便利になっていると感じた。廊下に出て、

「ここは娘の部屋だから駄目ね」

と笑顔でいって彼女は向かいの部屋に案内する。

「ここが私の部屋」

大きなベッドに化粧台や箪笥が詰まっていた。

「私の寝室を見る男は、金さんが初めてよ」

麻里は潤んだ目を向ける。彼は心で一歩後ずさった。彼女は続ける。

「私は金さんみたいな人がタイプなんだけど、変な男ばかりに引っかかって」

金栄煥はすかさずいう。

「戸田さんていう人がいるじゃないですか」

「あいつはねえ、叩いたり縛ったりするのが趣味だから、本当はいやなのよ」

金栄煥は言葉がなかった。麻里が近づく。抱きつかれそうだった。金栄煥はとりあえず声を上げた。

「ああ、もうこんな時間だ」

彼女はふと動きを止めた。彼は続ける。

「コーヒー、どうもごちそうさまでした。ほんと、おいしかったです」

「どういたしまして。コーヒーでよかったら、いつでもいらして下さい」

有り難う、と彼はマンションを出た。どうもああいうタイプは苦手だな、とベンツを店に向けた。しかしそれからも専務に連れられて麻里の店には何度か行った。行くたびに彼は一、二時間で店を出た。

一年が経った。パチンコ店はゴールデンウィークの書き入れ時が終わり、次の給料日まで客をうまく繋ぐ時期に入っていた。その頃の金栄煥は朝鮮人部落が立ち退きになり、割り当てられた公営のアパートに独りで住んでいた。母親は焼き肉屋をやめて兄夫婦と一緒に住んでいた。

何度か見合いをさせられた。かたぎの娘と見合いをすると、パチンコという商売に対する偏見を持っており、息が詰まりそうだった。しかしパチンコをしている親の娘は誰もコンプレックスを抱いており、その反動で横柄だった。普通の日本人のように、自然な受け答えができる在日の娘とは出会えなかった。

在日の心のゆがみは理解できた。自分の心も歪んでいると感じることがあるからだった。しかし彼は色んな本を読み、それは在日が日本語でものを考えているからだ、と思うようになっていた。日本語にはチョウセン人は生きるに値しないという言霊がある。在日の頭の中の日本語は、朝鮮人を差別する。そして差別される朝鮮人というのは、自分自身なのである。在日は日本人が誰も差別しなくても自分で自分を差別するという構造の中におかれていた。それは地獄である。そしてこの構造に気がつかない者は、地獄から抜け出る第一歩を踏み出せないのだった。

ある日の図書館の帰りに、再び麻里と会った。

「あら金さん。また会ったわね」

「ええ、どうも。元気ですか？」

「元気よ」

「送りましょうか？」

「そうね。今日はドライブしない？」

「ドライブですか？」

「無理ならいいわよ」

今日の麻里は以前と違ってハイではなかった。それで彼は自分も気分転換をしてみようかと思った。

「じゃあ、行きますか？　うまい飯を食わせるところがあるから、そこへ行きましょう」

二時間ほど走った。金栄煥はその頃はやっていたカーペンターズのカセットを掛けた。二人は音楽だけを聞いていた。麻里が何もいわないで座っているのが不思議だった。海が見えてきた。

「あ、海だわ」

と麻里は嬉しそうな声を上げる。金栄煥も久しぶりに見る海だった。彼はハンドルを握ったまま目線を上げて水平線を見た。大量の水が持ち上げられて空中に留まっているかのようだった。

「いいなあ、久しぶりだ」

思わず声が漏れた。

「ええいいわね」

と麻里。

「水のある風景って、落ち着くわ」

「うむ」

彼は前方の岬に見える小さなレストランを目指す。

崖の上にある小さなイタリアレストランに入った。テーブルが十、カウンター席も同じぐらいあった。窓からは海が見渡せた。カウンターから見える奥の厨房で白髪のおばさんが一人で料理を作っていた。

二人は海が見える適当な席に座った。

「いいお店ね」

と麻里。彼女は続ける。

「もっと高級なところに連れて行ってくれるのかと思ってたわ」

金栄煥は首を捻る。

「料理は値段じゃないですよ。うまいかどうかです。ここはうまいですよ。あのおばさんが一人でやっているんです。それにここのイタリア料理は箸で食べられる」

白髪のおばさんが厨房から大皿のパスタを運んできてカウンターにおく。

「さあ、パスタが上がったわよ。持っていってえ」

客は立ち上がるとカウンターに二列に並ぶ。そしてカウンター脇にある積み上げた皿の柱から一枚を取って、自分で好きなだけパスタを盛っていく。おばさんは厨房にとって返して、他の料理を作っている。

麻里は一口食べて、

「あら、おいしい」

ガーリックトーストパンを食べる。

「ああ、これもおいしい」

「パンもあのおばさんが焼くんだそうです」

「一人でやってるの？」

「うむ、そうみたい」

といっている側から一組のカップルが厨房に入って食器を洗い始めた。

「ああやってね、食べ終わった人がいつの頃からか手伝うようになったんですよ」

「なら、私も手伝う」

金栄煥は笑って制した。

「今日は二人入っているからいいですよ。厨房が狭いからもう一人入ると身動き取れなくなってしまいます」

「あっ、そうね」

コーヒーもセルフサービスである。ガラスのポットから二つのカップに入れて、金栄煥はテーブルに戻った。

「ありがとう」

と麻里。

「ママはどこか安くて美味しいところ知ってます?」

「ママはやめてよ。外では」

「じゃあなんて呼ぼう」

「麻里って呼んで」

「呼び捨てはちょっと。年上でしょ?」

「あら、金さん古いのね」

「一応韓国人ですからね。年齢が上か下かには厳しいんですよ」

「そうなの? まあいいわ。とにかく麻里って呼び捨てにして。その方がぞくぞくするわ」

レストランを出て、東京に向かう。途中でラブホテルがあった。麻里は、

「あそこで休んでいきましょう。運転、疲れたでしょ?」

という。少しひるんだが、まあ、いいか、と車をラブホテルに向けた。

彼女は相当なテクニシャンだった。彼の全身を舐め回し、尻の穴まで奇麗に舐めた。そして自分の尻の穴に入れていいというのだった。

「男の人は、ここに入れたがるわよ」

と尻を持ち上げたままベッドにうつぶせになった状態でいう。

「締まり具合が違うみたいね。いいわよ、やってみて」

それで彼は尻の穴に入れてみた。確かに今までに感じたことがない快感だった。感極まったとき、精液がいつもの倍ぐらい溢れ出たように感じた。麻里は自分の尻の穴に入っていた彼のものを丁寧に舐めた。それもまた気持ちが良かった。腰が抜けたようになって、彼はホテルを出た。麻里は、

「私を欲しくなったらいつでもアパートに来て」

といった。溺れると良くない、と彼は思った。それで頷いただけで返事ができなかった。カーラジオは、拉致された金大中について報じていた。

オイルショックで、トイレットペーパーや砂糖、サラダオイルなどがスーパーの店頭から消えるという騒ぎが起こった。丁度その頃金栄煥は釘を叩いている最中に変なものを見つけた。

その台は天から玉が入ると、中央に皿のある空間に落ちた。皿には三つの穴があり、玉はその穴のどこかに入った。皿は常に回転しており後方の当たりの穴と回転している穴とが合うと、当りの穴に玉が入った。そうすると五つあるチューリップの総てが開くという仕掛けだった。

皿の三つの穴に続く溝のうち、当りの穴が浮いているような歪んでいるような変な印象を受けた。それはガラスを閉じて外から見た状態では分からなかった。ガラスを開けて釘を叩こう

と目を近づけて、初めて分かるものだった。

目の焦点が合わないような気がする。一、二度目をこすって、よく溝を見る。何かおかしい。触ってみて、突起があるのに気がついた。こんな突起があると玉は当たりには入らない。誰がこんなことをしたんだ？　ゴトか？　と緊張する。しかしこれは店が有利になる仕掛けだった。ゴト師がわざわざこんなことをするはずがなかった。

金栄煥は直ぐに宇田を呼んだ。

「おい、ひろし。ここに突起のようなものがくっついているんだが、お前これが何か知らないか？」

宇田は照れ笑いを浮かべる。

「店長すいません、俺がやりました」

「おまえが？　どうして？」

「この台は釘がなかなか決まらなくて。どうも天から入る玉を制御できないんですよ。それで」

と彼は最近出た瞬間接着剤の商品名をいった。

「アロンアルファをちょいと垂らしてみると、目には見えないし、当たりには入らないしで、ちょうど良かったもんで」

ううむ、と金栄煥は考え込む。最近は釘をできるだけ宇田に任せるようにしていたのだが、まさかこんな事をするとはと、愕然とする。

「おまえなあ。これは釘師のすることじゃないぞ。これだと詐欺じゃないか」

「はい、それは自分もそう思います。だけどどうすればいいのか分からなくて」

ふむ、と金栄煥は盤面の天釘を見る。この斜めに打たれている釘をうまく調節できないわけだ。宇田がいうには、釘の根本をゼロ三にしても玉が入りすぎる。それで釘を少し締めると、今度は入らなさすぎる、というのだった。宇田は釘を叩いて二年以上の経験を有していたが、それでも調節が決まらないのだった。

「釘の戻りが早いのかも知れないな。それで決まらないいんだろう。平行釘にしたらどうだ？」

「平行ですか？」

命釘は斜めに打たれている。これを根本から釘の頭まで同じ幅にする調節方法を、平行にする、といっていた。

「ああ。斜めのまんまで釘が決まらないんなら、平行にするか、釘そのものを柔らかいものに変えるかだろうな。一度平行でやってみな。それでダメなら柔らかい釘にしよう」

「はい」

頷くと宇田はラジオペンチを天の四本釘の右から二番目にあて、ぐっと腰を入れた。釘は根本から頭まで真っ直ぐになった。左から二番めの釘も同じようにして斜めに打たれている釘を真っ直ぐにする。金栄煥はいう。

「これを下から上までゼロ三で調節してみな。これだと決まるだろう」

「分かりました。やってみます」

「この突起はヤスリか何かで削っておけよ。他に突起を付けた台はあるか？」

「あと二台つけました」

「それも全部削っておけ。今日は俺が全部の釘を確認する。今度から台には釘以外の細工をするんじゃないぞ。客を騙すようなことをしてはいけない。客と俺たちとの信頼関係が失われたらパチンコというゲームは成り立たなくなる。分かったな」

「はい、分かりました。今度からやりません」

頷いて金栄煥は釘の確認を始めた。彼は朝までかかって全ての台を自分の目で確認した。問題はなかった。


金栄煥は週に二回麻里のアパートに通うようになっていた。麻里はたっぷりと時間を掛けてセックスをした。魔性の女だと思った。こんな女に溺れてはいけないと思いながらも、彼は抜け出ることができなかった。

次の年の夏の暑い日だった。二人が絡み合っている真っ最中の所へ、大学生になった麻里の娘がアルバイトから戻ってきて部屋のドアを開けた。彼女は体調を崩し、アルバイトを早退して戻って来たのだった。娘は驚きの表情を浮かべ、次の瞬間にドアを閉めた。彼のものは萎えた。麻里は直ぐに衣服を身につけて出て行く。彼も服を着て彼女のアパートを出た。別れ時だな、と思った。

数日経った。在日韓国人の青年が韓国の朴正熙大統領を狙撃した。何とも馬鹿なことをするものだ、と思った。飯が食えない韓国では、先ずは何があっても飯を食わせなければならない。金栄煥から見れば朴正熙大統領は至極まともな政策を実行していた。しかしそんな人を暗殺しようとする馬鹿者もいる。日米安保に反対していた島野芳美を思い出した。観念だけでは腹は太らない、と彼は考えた。

セックスの真っ最中という無防備で恥ずかしい姿を見られたのはさすがにショックだった。彼は三十二歳になっていたが、結婚相手も居らず、心のどこかがうつろだった。今までと違う生活をしてみたいと、彼は思うようになった。遠くへ行ってみたかった。「ディスカバージャパン」というコマーシャルの宣伝文句も一因だったかも知れない。

彼は店が休みの日、あてもなく電車に乗った。そして終点に着くたびに適当に乗り換えた。夜になると電車を降りて旅館に泊まった。彼は宿から宇田浩と八代正一に電話を入れた。そして気分を変えたいから旅に出ると告げた。パチンコで全国武者修行の旅をするつもりだともつけ加えた。八代正一には自分が住んでいたアパートを解約して、荷物を兄の家に届けるように頼んだ。正一は戸惑ったが、結局は引き受けてくれた。宇田浩はそれなりに釘を叩けるようになっていた。

夜が明けるとまた電車に乗った。適当な街で降りて、パチンコを打った。勝率は九割ぐらいだった。稼いだ金で次の街に行き、そこでまたパチンコを打った。そうやって、関西、中国、九州を回った。それから日本海を北上した。何日も鈍行に揺られてぶらぶらと旅を続けた。遠くに美しい形をした山が見えてきた。こういう、景色がいいところで暮らすのもいいな、と思った。山はどんどん間近に迫ってきた。彼は山が目の前に見える麓の駅に降り立った。駅前の風景を見て、懐かしい感じがした。

11

薬局を出て自宅に向かって歩いていた金栄煥《キムヨンファン》は、途中で胸から背中への激痛に襲われた。その痛みが引くまでの間、彼は荒い息をしながら公園のベンチに座っていた。残暑は厳しいが、木立を駆け抜ける風には秋の気配が感じられた。やがて痛みが弱くなったので、彼はベンチから立ち上がって歩き始める。あの時全国武者修行の旅に出なければ朴苑順《パクウォンスン》に会うこともなかった、と思う。人生というのは不思議な糸に操られている、と感じる。

公園を出た彼は汗を拭きながら歩いた。日差しはまだ強い。薄くなった頭を太陽が焼いているようだった。堪らずタクシーを停めた。そして自宅の高層マンションに向かう。

部屋に戻って新聞を持ち上げる。北朝鮮が拉致を認めて以来その話題で持ちきりである。これでまた朝鮮学校の生徒がいじめられるな、と腹立たしい。

金栄煥は考える。北朝鮮がこの事件をもみ消すつもりなら、拉致した者全員を跡形もなく消すぐらいのことをするだろう。そんなことをしないで生かしていたということは、あの国にも、まだ人の心を持った人間がいるということだ、と思った。日本が本気で拉致家族を連れ戻したければ、北朝鮮と国交を回復してインフラを整備してやればいい。北は経済協力と引き替えなら、拉致した日本人を帰すだろう。

しかしそうやって北朝鮮が豊かになれば内部分裂が起き、必ず崩壊する。そうすると、韓国が鉱山資源豊富な北朝鮮を支配下に置いて台頭する。今でさえ日本のライバルになりつつあるのに、そうなると日本にとっては脅威だ。だから日本は北朝鮮が崩壊するような真似をしない。半島の統一は、ロシアにとっても、中国にとっても、そして日本にとっても禍でしかない。祖国はそうした周辺国の思惑のためにいつまで経っても統一できそうにない。そして日本は拉致家族を取り戻せない。朝鮮は文明開化に遅れたために、百年以上も苦しみ続けている。

金大中大統領が北を訪問したとき、総連の連中は涙を流さんばかりに喜んだ。総連というのは北朝鮮を支持している人たちの集まりである。彼らは明日にでも統一されるのではないかと歓喜した。金栄煥はそれは絶対にない、と思っていた。金正日ファミリーの安全と財産の保全を約束しない限り、平和的な南北統一はないと彼は考えていた。人は理念に加えて経済の裏付けがない限り動かないということを総連の連中はあまりにも知らなさすぎると思った。

自分が死んだあとも分断は、五十年、百年と続くだろう。貿易センタービルに突っ込んだアラブ人は絶望の極みに達していたからああいうことをした。貧しさや絶望で似たような状況にある北朝鮮の人々の心を暖めることができなければ、いつまでも分断は続くのだ。李氏朝鮮時代の失敗をコリアンは未だに引きずっていた。それは自主統一を成し遂げたドイツとは、あまりにも違っていた。忸怩たる思いだった。

12

形のいい山の麓の町で金栄煥《キムヨンファン》は、汽車を降りた。駅前のパチンコ屋を見て歩いた。商店街も一通り歩いてみる。その頃は郊外のボーリング場を潰してパチンコ屋にする店も出始めていた。台数は市内のパチンコ店と比べて何倍もあった。しかし彼は、そこまでは見て歩かなかった。

彼は、店が綺麗で従業員の教育もしっかりしているところに勤めたかった。働く限りは経営者と価値観が同じである方がいい。流行っている店は自分の価値観と同じ可能性が高いと考えた。そんな店にはいい釘師がいて釘師そのものは必要ない可能性があった。しかし店長であれば需要があるかも知れないと思った。

「パラダイス」というパチンコ店のホールスタッフに声を掛けて募集はないかと尋ねてみた。奥の事務所に通されて店長に会った。来意を告げると店長は本部に連絡を入れた。本部はパチンコ店が入っているビルだったが、入口が違っていた。彼は裏に回り、エレベーターで四階に案内された。応接室で待っていると六十歳ぐらいの恰幅のいい男と、金栄煥と同じぐらいの歳の男が現れた。六十歳ぐらいの男は張英義《チャンヨンウィ》といった。社長だった。若い方は専務で張鋼顕《チャンガンヒョン》といった。ただし受け取った名刺には張本という日本名が書かれていた。

準備してきた履歴書を差し出した。社長がそれに目を通して、専務に渡す。それから社長は前の会社を辞めた理由を聞いた。金栄煥は、

「全国武者修行をしたくて旅に出ました」

と答えた。店は郊外に二店。隣の町に一店と駅前の本店で全部で四店あった。金栄煥は一ヶ月間見習いとして、駅前店で勤務することになった。一兵卒からの再スタートだった。どこの馬の骨かも分からない男だから当然だろうと思った。

毎日フロアに立って客がランプをつけると飛んでいき、玉のトラブルに対処した。景品が届くと検品をして倉庫に保管し、記録をつけた。どこのパチンコ屋でも、することに変わりはなかった。

寮は近くの木造アパートだった。食堂はついてなかった。それで近くの定食屋と居酒屋で食事をした。定食屋は商店街の真ん中辺りにあり、学生アルバイトとおばさん数人が働いていた。居酒屋の方は商店街の入口付近にあった。こちらはおばさんが一人でやっていた。

数日して、遅番の日に免許証と外国人登録証の住所変更をした。町の地理を知る気持ちもあって、歩いてみることにした。警察と市役所では警察の方が近かった。それで先に警察に向かった。警察は北の方角にあった。地図を片手にアパートから三十分ほど歩いて、やっとついた。形のいい山は常に前方の空に広がっていた。なだらかな稜線が日本海に伸びてそのまま海に入るかのようだった。

警察では警官から奇異な目でじろじろと見られた。朝鮮人が少ない地域だから珍しいのだろうとは思ったが、いい気分ではなかった。それから案の定、外国人登録証の提示を求められた。

朝鮮人は十四歳になると写真を撮られ、十指の指紋まで取られた。後にそれは左手人差し指の回転指紋だけになったものの、犯罪者と同じ扱いであった。十四歳という年齢は後年、指紋押捺拒否運動を受けて十六歳に変更された。そんなだから警察官から見れば金栄煥は準犯罪者に違いなかった。いずれこいつを逮捕してやる。そんな目でじろじろと見られていた。

「外登証の住所変更がまだ終わってないね」

と夏服姿の警官はいった。定年前だろうか？　疲れた感じである。警官にそういわれて、外国人登録証の住所変更を先にしなければならないのだと知った。どっちでもいいだろうにと思いながら彼は市役所に向かう。日本人は住所変更を忘れても謝れば済むが、朝鮮人は前科になる。反抗的な態度でも取ろうものなら刑務所行きとなる。そしてそのまま強制送還されるかも知れない。恐怖心に駆られて朝鮮人は住所変更をする。警察を出て道に立つと正面に雄大な山が見える。この世に国や政府なんてなければいいのにと思う。

彼は地図を見て適当に歩き出した。一時間も歩けば着くだろうと思ったが、行けども行けども市役所は遠い。夏の太陽がじりじりと肌を焼く。こめかみから汗が流れて、ハンカチがぐしょぐしょになる。途中で喉の渇きと空腹を感じ、目に留まったドライブインに入った。三十分ほど休んで再び歩き出す。やっと市役所に着いた。クーラーが利いていたのでほっとした。外国人登録課は閑散としていた。ここの市役所では冷や飯食いの部署なのだろうと思った。住所の変更をして、市役所を出た。地図をみるとその先に大きな川があり、橋が架かっている。芭蕉が日本海に沈む夕日を見て、一句詠んだ川だろうと思った。行ってみたかったが、彼は再び警察に向かった。

疲れていたが入道雲に頭を隠した形の良い山を見ていると、元気づけられた。人は知らないが、この山とあの川はいい、と思った。夏空をカモメが飛んでいた。

一月《ひとつき》が過ぎる頃、社長に呼び出された。

「商工会《ショコかい》を通じてお前さんのこと、調《チュ》ぺさせて貰タヨ」

といった。張英義は総連の地方幹部をしていた。総連というのは北朝鮮を支持する者たちの団体である。商工会というのは、総連傘下の商工会を意味していた。

「腕も良《イ》し、勤務態度も真面目《マチメ》な店長タッタらしいな」

金栄煥は黙って聞いている。社長は彼をじろりと見た。

「今までの、うちでの勤務態度も良《イ》し、トウやら信チても良さそタナ。しかし腕のホト《ほど》は確認しなけれパならない」

パラダイスには釘師という特別な存在はいなかった。店長がそれぞれに店の釘を叩いていた。社長は店の粗利で店長の釘の腕を評価していた。金栄煥は隣町の店の副店長に任命された。そして一月《ひとつき》間、釘を任かされることになった。

二階の寮で寝泊まりしながら釘を見た。最初に釘を見て、店長の実力を知った。入賞に関係のある釘を絞り、玉が散るように打ってあるだけで、客が楽しめる釘を打ってはいなかった。

盤面左は天を狙った玉の多くが落ちてくるところだ。その玉を風車で外に弾き飛ばしていたのでは客は失望する。玉は中心に寄せてやる。あるいはチューリップに向かうようにしてやる。その上で、はかまに入る玉の数を制御し、はかまから落ちて命釘に当たる玉の動きを制御してやる。はかまというのは「ハ」の字型に並んでいる釘の列をいう。命釘というのは穴の直ぐ上に打たれている釘をいった。

このような玉の流れを演出すれば、客は入りそうで入らないけれど、たまには入るという満足感を味わうことができる。そういう演出に関わる釘は全く叩かれてなかった。

金栄煥はこつこつと店の釘を修正していった。時期は稲刈りのシーズンに重なっていた。客は非常に少なかった。釘を叩いてもその台で玉を弾く客はいなかった。一月《ひとつき》という約束で釘を叩きに来たが、一月たっても社長は何もいわなかった。客は増えず、粗利も前と変わらなかった。

稲刈りのシーズンが終わり、客が徐々に増えてきた。一度金栄煥が調節した台で遊んだ者は、日をおいてあるいは翌日に再び遊びに来た。勝てるという希望や、勝つ、という意気込みが感じられた。そういう時にはある程度は勝たせてやらなければならない。金栄煥は客が明日も来ると予測した時には、客が勝つように釘を調節してやった。客の負けが込んだ時には、客の表情を見て、対処を変えた。まれに、更に釘を絞って客から金を巻き上げるということもした。人間の習性として大抵の者は負けると深追いをする。その時、更に大負けを経験した場合、人の反応は二つに分かれる。多くは尻尾を巻いて逃げるのだが、少数は徹底的に勝負してくる。

後者の者には更に大負けを与え、そのあとで半分ほど戻してやる。その日に限ってみれば客の大勝ちである。客はそれで満足する。結果的に店は儲かっている。

十二月、辺り一面は銀世界に包まれていた。その頃には店の客は可成り増えていた。粗利は三倍程度に膨らんでいた。

社長が巡回に来ていった。

「腕が立《タチュ》つとは聞いていたが、ここまでとはな。正直驚《ショウチキオトロ》いた」

金栄煥はお辞儀をする。

「今までとどこがどう違うんタ？　ちょと教えてくれよ。それとも企業秘密《キギョヒミチュ》か？」

「いいえ、秘密はなにもありません」

と彼は話す。

釘の腕は釘師にとっては怖らく五割ぐらいの比重でしかない。残りは客の観察眼である。客の着ているもの、小物、動作などを見て、客は明日、今日の負けを取り返しに来るかどうかを見る。客が取り返しに来ると踏んだ場合は、今日負けた分をある程度戻してやらなければならない。勿論それは、その次の日には負けてもらうという前提でのことである。この時以外は意識して玉を出すことはない。通常は客を遊ばせるだけである。客を遊ばせるには、盤面の玉の流れをコントロールしなければならない。客がハラハラどきどきするようなポイントの釘をきちんと打つだけである。

客が明日も来るかどうかは、セーフとアウトの玉数を見てもある程度予測がつく。データをどう読むかという能力も必要である。釘の技術はそのような総合力であり、単に釘を叩くだけでは効果は出ない。

そんな話を聞いて社長は思い出したようにいった。

「お前は最初の二週間《ニシュカン》、釘はあまり叩かずにパチンコ台《ジュタイ》の掃除《ソジ》パかりしてたと聞いたが、本当《ホント》か?」

「本当です」

「トして、最初釘を叩かなかた?」

「農繁期ということもありました。慌てて釘を叩く必要はないと思っていました。それよりもレールが汚れていたのでそれが気になりました。セーフとアウトのボックス回りも汚れていました。これでは正確なデータは取れません」

補給用の機械にはコンピューターが連動していた。それで玉の情報を事務所のホールコンで見ることができた。しかしデータを取る部分が埃で汚れていたのでは、正確にデーターを拾えず、そうなると幾らコンピューターを入れていても意味がなかった。

張社長は煙草をくゆらせ、黙って聞いている。金栄煥は続けた。

「玉は盤面で釘に当たるまでにレールを通り、盤面のセル板に当たっています。レールが汚れていたらその汚れを玉がまとい、玉の速度が落ちてしまいますし、玉の回転も落ちます。自分が来た当時のパチンコ台はパチンコ本来の玉の動きが出ている状態ではありませんでした。それに玉がどぶに落ちる時に、玉やカウンターの回りが汚れていたのでは、正確な情報を拾えませんし、そういう状態でホールコンを見ても正確な台の情報を把握できません」

どぶというのは、台の裏で玉を回収する、幅広の長い樋のことである。これは構造上、客からは見えない。彼は続ける。

「それで徹底的に掃除をしました。エンジンが本来の力を出せるようにキャブレターを磨くのと同じことです」

張社長は大きく頷いた。

「初めてまともなことをいう奴《ヤチュ》に会《ア》たな。今の言葉《コトパ》テお前が一流《イチリュ》タということが良く分かタ」

社長は興奮気味に続ける。

「他の奴《ヤチュ》等は、釘は特殊で長い修行《シギョ》のはてに会得できるものタとか何とかほジャ《ざ》いて、大変な秘密《ヒミチュ》があるかのヨに振る舞《マ》ていたが、お前はレールまで釘の一部タという。釘を叩くこと自体は全体《ジェンタイ》の仕事の一部だとユチャ《いうじゃ》ないか。儂はそれが本当《ホント》タと思う。お前のユ《いう》ことの方《ホ》が理にかなてる。儂は今日初《ハチ》めてパチンコというものが、分かたよな気になたジョ」

金栄煥は恐縮する。張社長はいった。

「今日からお前は四店舗全体《ジェンタイ》を統括《トウカチュ》する営業部長《プチョ》をやてくれ。儂と店長《チョ》との間で、店長《チョ》たちを監督してくれ」

「はい、わかりました」

月給はそれまで五万円程度だったが、一挙に五十万円になった。それは当時の一流企業の部長クラスの水準と比較しても遜色ないものだった。


社長と話してみて、社長がパチンコの仕組みを正確に理解してないことが分かった。もっともこれは無理もないことであった。金栄煥たちの親の世代はパチンコ以外に生活の糧を得る道がなかったからがむしゃらにやって来ただけのことである。だから粗利だけを見ていた。釘師には粗利そのものの管理を頼み、店長が不正をしてその粗利を猫ばばしないかを見張っていたのである。それはそれで一つの方法であった。しかしパチンコを事業としてやるならばパチンコの仕組みを知っておく必要があった。金栄煥は玉の流れとホールコンピューターに集まる情報の流れを時間を掛けて解説した。社長は聞き終えてから、

「うむ。それは分かた」

と頷く。そして続ける。

「て、それが分かて、トうユ《いう》意味があるんタ？」

金栄煥は更に説明を続けた。そして図を書いて店で不正があった場合に、矛盾したデータがどのように出て来るかを示した。それを見て社長は、

「なるほト、そうユ《いう》ことか。やと、分かた。そうかあ、なるほト」

と深く頷く。金栄煥はいう。

「本部で数字のチェックをしておけば、店長が不正をした時に直ぐに分かります。営業は自分が責任を持って指導します。データの管理は本部でして下さい」

社長は同意した。

金栄煥は営業部長になったのを機会に、すきま風が入る木造アパートの会社の寮を出て自分でアパートを借りることにした。

不動産屋を訪ね、道路沿いに雪が積もっている住宅街の一角に、タイル張りの綺麗な建物を見つけた。それを申し込んだところ、翌日断りの連絡が入った。不動産屋に行くと、

「金さんすみませんねえ。大家さんが外国人は駄目だというんですよ」

外国人だって？　と彼は自分が韓国人である事を改めて認識する。外国人といわれても、自分は日本で生まれて日本で育っている。逆に韓国語を満足に知らないぐらいで、日本人と変わるところはない。そんな人間を家主の日本人は、外国人だからという理由でアパートへの入居を拒否してきた。不動産屋の親父は続ける。

「それと勤務先がパチンコ屋というのがどうも」

と申し訳なさそうな顔をする。顔に刻まれた深い皺が神妙な顔を作り出す。石油ストーブが静かに燃えていた。

「パチンコ屋だと駄目なんですか？」

「ええ。家主はまともな職業じゃないと思ってるようなんで」

「そりゃ偏見だ」

と金栄煥は思わず大声を出していた。

「パチンコ屋に勤めていても、近所に迷惑を掛けなくて、部屋を綺麗に使っていれば問題ないんじゃないんですか？」

「そりゃ、私は勿論そう思いますし、大家さんにもそういいました。しかし」

と不動産屋は言葉尻を濁す。仕方なく金栄煥は頷いた。不動産屋に文句をいっても始まらないことは分かっていたからだ。

彼は自分という人間を根底から否定されたような気分になった。お前は人間ではない。よってアパートを貸さない。お前は日本に居てはいけない者である。よってアパートを貸さない。そのようにいわれたような気持ちだった。住むところがない。行き場がないという焦げるような不安を抱かされた。

親の世代はこういう思いを四六時中味あわされてきたわけだ、と死んだ父親の面影を思い出す。

思えば彼は生まれて初めて具体的な差別に直面した。彼が就職のために履歴書を書いたのは「パラダイス」が初めてのことだった。それまでは差別があるからと、日本人の会社に就職する努力をしなかった。資格試験にしても、差別があるからと初めから勉強しなかった。

自分は常に一世に守られていたのだと悟った。就職は八代泰寅という一世によって守られ、住むところはバラックではあれ、父親によって確保されていた。二世というのは、一世の血と汗と涙の下で守られていたものなのだとこの時初めて気がついた。

彼は他のアパートに申し込んだ。しかしそこも断られた。その次も断られた。不動産屋がいう。

「金さん、日本の名前を使いませんか？　お宅の国の人はみんなそうしてますよ。そうじゃないと朝鮮の人にアパートを貸すような日本人はいませんよ」

思わず彼は不動産屋を睨み付けた。不動産屋は慌てて口をつぐむ。

金栄煥はため息をついた。不動産屋の親父はアパートを借りられないから、俺に自分であることをやめろというわけだと考えた。それではまるで、借りられない自分に罪があるようではないかと腹が立つ。悪いのは日本人だ。自分ではない、と彼は店を出た。そして木造の寮を出て一人住まいすることを諦めた。

彼は雪に覆われたみすぼらしいアパートを見上げて思った。自分は一流企業に勤めている日本人に負けないぐらいの報酬があるのに、アパート一つまともに借りられない。

車が通る道から階段までは雪が踏み固められている。左手の庭のような狭い空間には雪が膝の高さぐらいまで積もっていた。屋根には分厚い雪が積もっている。背後の空は灰色で遠くや近くの雲が蠢いている。

彼は長靴で雪を踏みしめて階段に向かう。そして自分にいい聞かせる。朝鮮人だといって差別をするのなら、よかろう、朝鮮人を続けてやろうじゃないか。いまにみてろ。

錆びた鉄の階段の手前に赤電話がある。それは従業員の便宜のために置かれていた。電話機は寒風の中で冷えて縮こまっているように見えた。彼は階段を上る。心は静かな怒りに満たされていた。

13

その年の大晦日のことだった。金栄煥《キムヨンファン》が仮眠から目覚めると、外の日は落ちていた。時計は八時を回っている。夜中に釘を叩くには中途半端な時間だった。もう少し早く起きるか、あと一時間ぐらい眠れれば良かったのだが、と彼は考えた。彼は空腹を感じて居酒屋に向かった。朝と昼は定食屋を利用したが、夜は居酒屋に行った。酒は滅多に飲まなかった。店が十時までだったので、赤ら顔で店に出るわけにも行かなかった。もっとも部長になってからは、閉店業務の責任があるわけではなかったから、飲みたければいつでも飲める立場になっていた。

商店街に入って直ぐの居酒屋の戸を開ける。客がいなかった。若い和服姿の女がカウンターの中に一人でいる。あれ、おばちゃんのいる店だったはずだが、と振り向いて暖簾を確認する。「千代」とある。それで店を間違ったわけではないと了解する。この人はおばちゃんの娘で、東京から戻ってきたとか言っていたっけと記憶を探る。

「おばちゃんは?」

と金栄煥。

「おせち作るのに張り切りすぎたみたいで、今ちょっと上で休んでます」

そういえば今日は大晦日だったと、気がついた。大晦日ならば元日二日とパチンコ店は休みだから、今晩は釘を叩く必要がない。そう思うと中途半端な時間に起きてしまったという思いは消えていた。

彼はカウンターに腰を下ろした。彼が注文をする前に女がいう。

「今日は年越し蕎麦がありますけど」

ああそうか、年越し蕎麦ね、と彼は急にトックを食べたくなった。トックというのは韓国の雑煮である。トックの餅は米の粉から作る。歯ごたえと喉越しが良く、おいしかった。

女に年越し蕎麦を勧められて彼は魚の煮付けでご飯を食べる、というメニューを諦めた。一杯飲んで蕎麦を食って帰ろうと思う。それで彼は熱燗を頼んでから店のピンク電話を借りて、駅前の店に電話した。店長を呼び出した。そして、今日は釘を叩かなくていいから行かないということを告げる。明日、社長の自宅での新年会で会おうと店長と約束した。席に戻ると、

「お仕事、お忙しいんですね」

と女がいう。そして、猪口にお酒を注ぎながら、

「お酒を飲まれるのって、珍しいですよね」

金栄煥は一口飲んで答える。

「貧乏閑なしです。お酒を飲めるのも今日ぐらいですよ」

「何をされているんですか？」

パチンコに来る客に対しては、自分が店の者だと話す事はない。変に親しくなると、他の客が疑いの目で見るからだった。しかし今日は他に客もいないし、彼は簡単に答えた。

「そこの先のパチンコ屋で働いてます」

「へえ、そうですか」

そして彼女は続ける。

「じゃあ、お住まいは、向こうの寮ですか？」

「ええそうです。よく御存じで」

寮には部屋が十あったが、いま使われているのは六つだけだった。地元の人間は自分たちの家か、まともなアパートを借りて住んでいた。

「はい。私が小さかった頃、このお店を寮の店員さんがよく利用してくれてました。その頃は朝も昼も母が店を開けていましたから」

「おばちゃんは働き者なんだ」

「はい。満州から引き上げてくる時に、私以外のものは総て無くしたといっていました。だから朝から晩まで、寝る間も削って働き通しです」

再び女は酒を注ぐ。金栄煥は受けた。おばちゃんが満州からの引き揚げ者だったということを初めて知った。娘は自分と同い年だとしても当時三歳である。しかし彼女は見た目が若くとても同い年には見えないから、当時は乳飲み子ではなかったかと思う。ロシアは、犯罪者で作った部隊を先頭にして攻め込んできたという。質の低い連中は略奪と強姦を当然のこととした。そんな中を赤子を抱いて、おばちゃんはどうやって生き延びてきたのだろうと思う。平和な時代を生きてきた金栄煥には想像もできないことだった。

「そうですか。それは、それは」

と彼は彼女を見上げる。彼女は色白だが、目がいつも眠そうだった。目の整形をすれば、顔の形は良いし、美人だろうに、と感じる。東京でホステスをしていたと聞いたが、大して売れなかったから戻ってきたのだろうと思った。彼は話しかけた。

「寮の人って、半年ぐらいで、みんな消えちゃうでしょ?」

「はい」

そして彼女は聞く。

「お客さんも直ぐに消えちゃうんですか?」

「いやあ、私は少し長くいそうですね」

女は笑顔で頷いて、

「それは良かった」

と小さくいう。彼は野菜のおひたしとおでんを頼んだ。パクついていると紅白歌合戦が始まった。彼は新聞を開いて、出場者の一覧を見る。その中の十人はチョウセン人だと噂されている人たちだった。

事業でも興さない限り、俺たちには歌手かプロ野球の選手かヤクザぐらいしか金儲けができる職業はない、と再確認する。歌の才能もなく、スポーツの才能もなく、暴力沙汰が嫌な人間は土方をするしかない。

二本目の銚子を頼んだ。女は猪口に注ぎながら、

「お客さん、お名前教えて頂いてもいいですか？　なんとなく呼びづらくて」

少し緊張する。名前をいうということは自分が異質なものであるという事を暴露することでもあるから、つい心のどこかで構えてしまう。

「きん、といいます」

「きんさん、ですか？」

「はい。きん、です」

「外国の方ですか？」

「はい。韓国人です」

彼女は少し考えてからいう。

「いつ日本にいらしたんですか？　日本語がお上手ですよね」

まあ、これもいつものパターンだ。多くの人間は日本に定住外国人がいるという事を知らない。彼は腹の中で苦笑してから答える。

「私は日本生まれの日本育ちです」

「あ、そうですか。じゃあ、私があのまま満州で大きくなったようなものですね」

直ぐに自分の境遇に引き替えて物事を考えられるというのは、素晴らしいことだと思った。

「ええ、そうです」

それから彼はいう。

「あなたのお名前も聞いていいですか」

「あ、私は三戸静子といいます。よろしくお願いします」

「千代というのは」

「ああ、あれはここの前の経営者の屋号で、以前は芸者さんだったそうです。母がお店を買ったのですが、店の名前はそのままにしました」

「ああ、なるほど。千代という名前に引かれて、私は最初にこの店に来たんですよ。なんとなくいい名前だと思って」

「がっかりしました？」

「いいえ、元気のいいおばさんがいて、何でも安くて美味しくて、気に入ってます」

「それはどうも有り難うございます」

静子は明るく笑った。それから金栄煥は年越し蕎麦を食べる。食べていると、五人の若者が店に入ってきた。背中で会話を聞いていると、今から体を温めて初詣に行くらしかった。食事を終え、

「今晩はこれから客が増えるんですか？」

と彼は静子に聞いた。

「ええ。これから二時頃まで、初詣の客が出たり入ったりです」
「そうですか。じゃあしっかり儲けて下さい」
彼はそういって計算をすませ、良いお年をといい置いてアパートに戻った。

彼の仕事は主に閉店後の釘調節だった。その日のデーターを見て、店長と手分けして釘を叩いた。そのあと二階の仮眠室で寝た。本店以外には食堂があったので、起きると食堂で朝飯を食べ、車で次の店に移動した。

車にはいつでも銭湯に入れるように、プラスチックの洗面器とタオル、それにシャンプーと石鹸を入れていた。着替えも数日分をバッグに入れていた。使用したものは紙袋に入れ、本店の寮に戻った時に洗濯をした。車は会社のもので初めはカローラだったが、直ぐにクラウンの新車がやってきた。社長の彼に対する評価が分かる出来事だった。

本店にいる時は夕食は「千代」でした。一週間に一回は休みということになっていたが、彼はたいてい店に出ていた。家にいてもすることがなかった。かび臭い臭いのする、古ぼけた畳の部屋は気が滅入るので、寝る時以外は居たくなかった。寮には共同の洗濯機があった。冷蔵庫は小さいものを自分で買った。テレビは電気屋の前に放置されていた小さなものを「幾らですか？」と聞いたら、只でくれた。赤いプラスチックの十四インチぐらいのサイズだった。壊れているようで、そのままでは音が出なかった。イヤホンジャックに紙を挟むゼムクリップを差し込むと、どういうわけかスピーカーから音が出た。たまに寂しさを紛らわすためにつけるぐらいだったからそれで用が足りた。箪笥は買わなかった。ダンボール箱に洗濯したものを入れ、洗濯すべきものは紙袋に放り込んだ。背広は一枚買った。滅多に着ないので押し入れの脇に引っかけて吊しているだけだった。

彼は四店舗を順番に巡りながら時々は図書館に行って本を読んだ。もともと女性のいる飲み屋は好きな方ではなかった。たまに専務に食事に誘われたが、その時は総て専務が出した。専務は二次会で行きつけのクラブによく行った。金栄煥は特別に気に入った娘に出会わなかった。彼の日常は仕事と図書館通いとが専らだった。そういう生活パターンだったから、金は勝手に貯まっていった。貯める気はなかったが、たまに通帳を見ると、残高は増えていた。

隣町にあるパラダイスの副店長になって最初の給料日のことだった。店のスタッフが、

「副店長、トルコ行きましょうよ、トルコ」

という。車で三時間ほど飛ばせばトルコのある県庁所在地の街に行けた。金栄煥は田中製作所の美佐枝を思い出す。行っても立たんだろうな、と思う。

「ううむ」

と渋ったが、男五人の車に押し込まれた。店で写真を見て女を指名する。彼は行為をする気がなかったので、店の男にいって、一番売れてない女を指名した。

女の部屋に通されて、彼は煙草に火をつける。

「コーヒー入れてくれるかな。俺はする気がないから、いっしょにコーヒーでも飲もうや。勿論、代金は全部払うよ。心配しなくていい」

女はコーヒーを入れた。表情に陰のある女だった。この商売に就いた以上、明るく振る舞わないと、自分を売ることは出来ない。しかしそんなことは本人も分かっているだろう。分かった上で明るく振るまえないのだ。彼は何もいわずにコーヒーを飲んだ。女は、

「いつもトルコでは何もしないんですか？」

と聞いた。

「いやあ、今日はちょっと体調が悪くてね」

「そうですか」

「あなたはここは長いの？」

「半年ぐらいです。二年ぐらいで、よそに行きます」

「それはまたどうして」

「慣れちゃうと客が付かなくなるから、違う街に行くんです。男は数をこなしたいでしょ？馴染みになって、指名が増える、なんてことはないですよ」

「へええ、そうなんだ」

「お客さんは、トルコにはあまり来ないんですか？」

「そうねえ、若い頃はよくいったけど、最近はとんとご無沙汰だよ。それに、立たないんだ。トルコだと立たない」

「普段は立つんですか?」

「ああ、普段は元気だよ」

「何かあったんですか?」

「うむ、まあ、あったといえば、あったな」

「もし良かったら、話して貰えますか?」

「えっ? そうう?」

女の雰囲気がそうさせたのか、彼は話してみようと思った。彼は田中製作所であった話をした。名前は全て伏せた。

「そうですか」

と彼女は頷く。

「この世界の女は、みんな似たような事情を抱えてますよ」

「そうだろうな」

「お客さん、外だと立つんでしょ?」

「ああ、普通は元気だよ」

「今度、外で会いましょうか?」

「え？　禁止されてんじゃないの？」

「はい。客と外で会うのは禁止です。客でなければ、関係ないです」

そして彼女はつけ加える。

「今の話、嘘じゃないですよね。私と外で会うための作り話だったとしたら、私、お客さんを刺しますよ」

といった。彼は頷いた。そして、

「俺は、人の心をもてあそんだりしないよ」

と答えた。

女は俊子といった。月に何度か会ってラブホテルでセックスをした。お金は渡さなかったし、彼女にも受け取る気はなかった。それで時々洋服やバッグを買ってやった。二人の関係は俊子が他の街に行くまでの一年半ほど続いた。


五月頃のことだった。いつもの通り夕方の五時過ぎに「千代」に行くと料理を出したあとで静子が広告のチラシを示して、

「これ、金さんですか？」

と聞いた。広告の裏に彼が数日前に解いた中学校の図形問題があった。

数日前来た時に新聞を取ると、テスト用紙が挟まっていた。解かれていない問題があり、そ

れがふと目に留まった。昔やったよな、と思う。問題を読んでいる内に、解けるんじゃないかと感じて広告の裏にボールペンで幾つか図形を書いて、正解に至った。それをまた新聞の山に戻した。

「ああ、それですか？　それが何か？」

静子はいう。

「息子が学校でできなかったのを隠していたようで、それが広告の裏に正解が書かれていたから驚いちゃって。この店に来る人で問題を解けそうな人というと、何人かしかいませんから。それで聞いてみました」

金栄煥は頷いて薩摩揚げを頬張る。

「まあ、閑でしたから」

静子はビールを注いでからいう。

「金さん、息子がまだ良く分からないところがあるらしくて、そのう、解説をお願いできないでしょうか？」

「それは別にいいですけど、自分は二時間ほど仮眠をしなければならないんで、三十分ぐらいしか時間がないですよ」

「ああ、良かった。それで充分です」

と彼女は二階にいる息子を呼んだ。二人は挨拶をし、彼は二階に上がる。息子は名前を三戸慎司といった。部屋は二間あった。手前が息子の部屋らしく、勉強机に本棚があった。奥にはちゃぶ台と湯呑みや小間物を入れる食器棚が見えた。

おばちゃんは去年の暮れに臥せって以来、そのまま寝ついて、先月他界していた。箪笥の上に位牌とおばちゃんの小さな写真があった。生まれた者はみんな死ぬ、と彼は思いを新たにする。金栄煥はおばちゃんの写真に手を合わせてから、ちゃぶ台で慎司と向き合った。そして解説をする。ものの十分ほどで彼は理解した。それから慎司は違う問題を勉強机から持ってくる。

「金さんすみません。これも教えて下さい」

どれどれと問題を見る。ええと、と考え込む。運良く五分ほどで解き方を見つけた。それから、

「これは、だな」

と解説をする。それから階下の店に戻る。客が二人増えていた。静子は、

「どうでした？」

と息子と金栄煥を見る。慎司は、

「うん、ばっちし」

とおどける。

「じゃあ、上がって勉強して」

母親に促されて、慎司は二階に戻った。金栄煥は焼き魚を頼んで食事をした。それから計算を頼む。

「どうしましょう、勉強を教えて頂いたのに」

「まあ、それはそれ。これはこれですよ。普通にとって下さい」

「すみません」

と静子は一つ頭を下げて計算した。

その日から、金栄煥は慎司の家庭教師をするようになった。数学に限らず、英語や理科や国語も教えた。二学期になって慎司の成績は上がり、高校受験でその町一番の学校を狙えるぐらいになっていた。

ある日勉強を終えて慎司が聞いた。

「金さん、パチンコってどういう職業なんですか?」

金栄煥は解説をする。

「釘を叩けなければ雑用しかないが、釘を叩けるようになると、店の管理ができるようになる」

「釘を叩くって?」

「客を遊ばせて店が儲かるように釘の調節をするんだよ」

「へええ」

「普通の会社と違ってネクタイをしなくていいし、釘の腕が良ければ人に怒られたり、命令されることもない。いい商売だよ」

慎司はお茶を煎れてから聞く。

「だけど、儲かるの？」

「まあ、儲かるだろうな。俺はサラリーマンだから給料しかないけどな」

「給料はいいの？」

「さあ、普通だろう。どうしてそんなことを聞くんだ？」

金栄煥はお茶を一口飲む。慎司はいいにくそうにいった。

「店に来るお客さんで、金さんの着ているものって、工場で働いている人や、土建屋をしている人たちと変わらないから。儲かってないのかな、と思って」

金栄煥は自分が着ているものを見た。薄手のジャンバーに綿のズボンだった。

「背広を着てるから立派ということでもないけどな」

慎司もお茶を飲んでいう。

「ちょっと、ファッションとかに気を使った方がいいと思うけど」

「ファッション？」

慎司は頷く。金栄煥は考えた。ファッションを選ぶことができるのは、良《い》いか悪いかが分かる人間だと思った。ただ単に服を着てきただけの人間には、ものを選ぶ基準はなかった。だから彼は店に行っても一番安いものを買った。値段以外に彼には選択の基準がなかったのだ。たまに気分で二番めに安いものを買った。そんな時はとても贅沢をしたような気になった。それで十分幸せだった。

「ファッションねえ」

と金栄煥はお茶を飲み干す。

「俺の服装って、そんなにひどいか？」

「いや、そんなんじゃないけど。もう少し格好良くなれるのにと思って」

「格好よくねえ」

と彼は今度は自分でお茶を煎れる。慎司が緊張した様子で聞いた。

「金さんは、俺の母ちゃんどう思ってる？」

何の話だ？　と思う。

「どうって、俺は客で向こうは店の主人だろう？」

「まあ、それはそうだけど。母ちゃんが金さんに惚れて、金さんが母ちゃんに惚れたら、そうしたら金さんは俺の父ちゃんになるのかな、と思ってさ」

金栄煥は考える。子供が赤の他人の男を父親になって欲しいと望み、望まれた男がその子の母親と結婚するという話があったな、と思い出す。

「何でそんなことを思うんだ？」

「かあちゃんが、金さんのこといい人だって」

何だ、そんなことか、と思う。

「いい人だというのは、好きだというのとは違うぞ」

「そうなの?」

彼は頷いてからいう。

「好きであっても、惚れるというのとも、また違う。いろいろだよ」

「ふうん」

と慎司は怪訝な顔で頷く。金栄煥は思う。こういう事をいい出すという事は、慎司自身が色気づいているからのようだった。それで慎司にいった。

「何だお前、好きな子でもできたのか?」

慎司は顔を赤らめた。図星だったようだ。しかし彼は、

「そんなんじゃないよ」

と否定する。ははは、と金栄煥は笑って立ち上がった。思春期には色んな事を考えるものだと思った。

その年の冬に金栄煥は風邪で寝込んだ。夜、慎司が寮に訪ねてきた。ふらつく体でドアを開けると、廊下の裸電球の明かりの下に慎司がいた。寒風が部屋に入り込んできた。

「金さん、大丈夫?」

と、慎司は部屋に入ると栄養剤を畳の上に置いた。金栄煥は頷いて、横になる。

「まあ、寝てりゃなおるだろ?」

「病院に行ってるの?」

金栄煥は折りたたみ式のテーブルの上に置いてある薬袋を指さし、

「行っているが、気休めだな。風邪には薬はないというからな」

「千代」は「パラダイス」の店長や店員の何人かもたまに利用していた。それで静子は金栄煥が風邪で休んでいることを知り、慎司を見舞いに寄越したのだった。慎司は一度戻って、今度はおかゆの入った鍋を風呂敷包みに包んで持ってきた。林檎や蜜柑の入ったビニール袋も提げていた。

翌日、熱は下がったが、体力がなかったので、体はふらついた。彼はその日も休むことにした。朝の九時頃に、静子がやってきた。彼女は新しいおかゆを持っていた。

「お陰で大分良くなりました」

といって彼はおかゆをすする。

「慎司がいっていましたが、本当に何もない部屋ですね」

と静子は部屋を見回しながらいった。窓にはカーテンもなかった。ガラスは一番上を除いて曇りガラスだったし、夜しか居ない部屋だったから不便を感じなかった。

「そうですか?」

と金栄煥はおかゆをすする。朝鮮人部落で暮らしていた頃、彼の家にはほんとうに何もなかった。その頃と比べれば、テレビもあるし冷蔵庫もあった。

「お茶を煎れましょう」

と彼女は台所に立つ。しかし薬缶はない。彼は彼女を見上げ、

「ガスは止めてあります」

といった。彼はお湯は電気ポットで沸かしていた。料理もしなかったので、ガスは必要なかった。それで火の気を絶つために彼はガスの元栓を閉めていた。しかし静子はそれをプロパンガスを買う金もないと取ったようだった。彼女は折りたたみ式のテーブルの前に座り、真剣な顔でいった。

「金さん。お金が必要なら、私、貸しますけど」

金栄煥は苦笑した。俺はよほど貧乏人に見えるらしいと思った。

「いえいえ、自分はお湯は電気ポットで沸かしているんですよ」

彼女は電気ポットを持って、水を入れた。そして、コンセントを差し込む。おかゆを食べてから、彼はいった。

「お陰で熱も下がりましたし、もう大丈夫です」

電気ポットがじーじーと音を立てる。静子は黙っていた。それから、

「こんな生活は良くないと思います」

という。しかし金栄煥はこんな生活を朝鮮人部落が立ち退きになって、アパートで一人暮らしを始めた時から続けていた。着替えは洗っている時に着るものだけあれば良かった。だから二、三枚である。それを何年も着ていた。カップは一つ。そこにラーメンもコーヒーもお茶も

いれて飲んでいた。本は図書館で読む。そんなだったから、身の回りには何もなかった。

「まるで旅から旅に移動している人の部屋のようです」

と彼女はいった。そうかも知れないと思う。生まれてから死ぬまでの旅だ。荷物はできるだけ少ない方がいい。しかし彼は、

「どうも、却って気を使わせたみたいですね」

と説明をする。自分は人並みに稼いでいる。家具は面倒だから買ってないだけだ。着るものも興味がないから買ってないだけで、金がないからではない。食べるものも会社の食堂や「千代」できちんと食べている。野菜は意識して取るようにしている。だから問題ない。

「そうですか」

と静子はお湯が沸くのを待ってお茶を煎れた。

「お茶っぱは、いいもの使ってるでしょ?」

と金栄煥はいう。静子は頷く。

「お茶は味が分かるからいいものを買ってます。洋服は分からないから安いものを買っている。家具は必要ないから買ってない。それだけのことですよ」

「まあでも」

と静子はお茶を煎れる器を探す。しかしテーブルの上にはコーヒーの飲み残しが入ったカップが一つあるだけだった。彼女はそれと自分が持ってきたご飯茶碗を台所で手早く洗い、お茶

を二つ煎れた。そしてカップを金栄煥の前に出す。

「本当に何も無いので驚きました」

彼はお茶を吹いてさます。

「自分は不便を感じてないから、これでいいんですよ」

「寂しくないですか?」

そういわれて彼は静子を見た。時に猛烈に人恋しくなることがある。電気のついてないうらびれた部屋に戻るのが嫌で、店のソファで夜中に仮眠することもある。しかし無い物ねだりをしてもしょうがない。人はいずれ死ぬさと、今までに死んでいった人を一人ずつ思い出す。俺もやがては消えるだけだと観念し、今のところは生きている、と思う。そうすると汚い畳も壁も家も土も、自分の一部のような気分になって寂しさは消える。それに月に何度か俊子を抱くことができた。女の肌の温もりで心が落ち着いた。

金栄煥は静子にいった。

「寂しいのも一時《いっとき》です」

「そうですか。お強いんですね」

「そうは思いませんが、仕事がありますからね。仕事をしていると気分が紛れます」

静子は頷いた。そして自分もそうだといった。この時金栄煥が求めれば静子は応じたのかも知れなかった。しかし彼は「少し休みます」といって、横になった。彼女は空いた鍋とお茶碗を持って帰った。

彼は静子がいった「旅から旅に移動している人」という言葉を反芻していた。そして違うな、と思う。

旅人には戻るところがある。帰る港があり、故郷がある。だから旅なのだ。しかし自分には故郷も戻るべき場所もない。生まれた時からの放浪者だ。流れ着いたところがその日の寝ぐらだ。歩けるだけ歩き、歩き疲れたら倒れたところで死ぬだけの存在だ。山で倒れれば山、畦で倒れれば畦が自分の墓場だろうと思う。在日に居場所を与えないのが日本だ、と思う。そうこう思っているうちに、彼は眠り込んだ。


翌年、慎司は希望の高校に合格した。それで金栄煥の家庭教師はお終いになった。彼には高校生を教えるほどの実力はなかったのと、慎司がテニスの部活で遅く帰るようになったので時間があわなくなったからだった。

14

「パラダイス」に勤めるようになって二年経った。社長は自分の長男に会うために、北朝鮮訪問団の一員となって、北朝鮮に行ってきた。

日本に戻って出社するや、社長は金栄煥《キムヨンファン》を社長室に呼んだ。金栄煥はそのとき新台入替の書類の整理をしていた。

社長室には大きなデスクがある。その前に黒皮のソファがある。張《チャン》社長はデスクの向こうで立ち上がり、

「まあかけて」

とソファを示し、自分もソファの方にやってくる。

張社長の長男は朝鮮大学の学生だった頃、第一次の帰還船に乗って北朝鮮に帰った。科学者になり祖国の発展に尽くすのが夢だった。しかし大学への進学は許可されず、工場に配属されてそこで荷物運びをする毎日だった。

「息子はただ、生きているというタケの人間テしかなかた」

と張社長は寂しそうにいう。

「お前のところは民団か?」

と聞くので、彼は答えた。

「民団ですが、兄は言葉ができないのを恥じて子供たちを総連の学校にやっています。一番下の子は来年小学校に入る予定です」

「部長《プチョ》は言葉はできるの？」

「大学の時サークルで朝大からやってきた先生に習いました。お陰で日常会話ぐらいならできるようになりました」

「そか。民団で言葉ができるとは立派なもんタよ。民団の奴等《ヤチュ》はどいつ《チュ》もこいつ《チュ》も自分《チブン》の子供に民族《ジョク》の文化や歴史を教えない。碌なやチュらじゃない」

「はい」

張社長は自分のことを話し始める。いずれ祖国に帰ろうと思っている内に朝鮮戦争が始まり、帰るに帰れなくなった。子供たちはいつ朝鮮に戻ってもいいように言葉や民族の歴史を勉強して貰いたかった。それで無理をして仙台にある総連の学校にやった。張社長が住んでいた地域は同胞過疎地帯だったので、学校はなかった。彼は兄弟二人を中学校から、仙台の知り合いの家に下宿させて民族教育を受けさせた。

戦前から独立運動というのは共産主義者や民族主義者がやっており、日本が朝鮮人を管理するために作った協和会に積極的に協力していた連中は民団という組織を作った。自分は独立支持派という自負から総連を支持した。

長男の在顕《ジェヒョン》は日本やアメリカの民族教育妨害に腹を立て、日本の差別政策に怒り、自分の能力を祖国のために使いたいと考えた。総連の幹部が宣伝するように終戦から六年しか経ってない祖国共和国が地上の楽園だとは思ってなかったが、祖国のために働くことができるだろうという期待はあった。

金日成大学を出て一流の科学者となり、祖国を日本に負けない技術大国にするための一助になりたいと願った。しかし共和国は日本から戻って来た者を政治的な不純分子と捉え、工場や炭坑での単純労働にしか就かせなかった。完全な飼い殺しだった。個人の能力や特性は無視して、日本での肉親の献金の多寡に応じてその処遇を変えていた。

「自分《チブン》は息子に罪《チュミ》を犯した」

といった張英義《チャンヨンウィ》社長の目は赤くなっていた。先に共和国に戻るといった時に、様子を見てからにしろと、もっと本気で止めるべきだった。そうしなかったがために息子は工場で荷物運びをして無駄な二十年を過ごさなければならなかった。そして自分はそんな息子が平壌で楽に暮らせるようにするために総連に多額の寄付をしなければならない。平壌に住む権利を金で買わなければならないのだ。まるで人質だ。脅迫だ。共和国はでたらめだ。

そして張社長は我に返る。

「わしがこんな事をいい（言っ）たとは、たれにもいわないテくれ。息子がとんな目に遭うか分からない」

「ええ。分かっています。何もいいません」

「まあ、お前は女遊びをするてなし、無駄口をきくてなし、儂も安心している。ところで何歳になな た？　そろそろ結婚しなければならんたろ？」

「歳は三十七になりました」

「え？　もうそんな歳か。結婚する気はないのか？　その気があるのなら見合いの相手くらい探せるじょ」

「有り難うございます。しかしまだその気はありません」

「人間いつまでも若くはないじょ。歳を取ると肉親たけが頼りた。儂はまだ日本に家族が五人もいるし、男の子は専務の鋼顕《カンヒョン》がいるから安心している」

「はい」

五人というのは、社長の奥さんと息子の鋼顕家族の四人を合わせた数だと思った。

「この間ウリハッキョの先生をしている娘にあった。儂のチングの娘なんたが、良い娘だ。とうだ一度見合いをしてみないか？」

ウリハッキョというのは朝鮮学校のことである。チングというのは親友の謂である。金栄煥は丁重に断った。

それから二ヶ月後、韓国の朴正熙大統領が部下に暗殺された。北も南もどっこいどっこいだな、という感慨を持った。

翌年四月、母親が亡くなった。久しぶりに兄と再会した。

「そろそろ戻ってこないか」

と兄はいった。

「パチンコ屋をすることになったら呼んで下さい。いつでも戻ります」

と彼は答えた。

母の葬儀から会社に戻って数日してからのことだった。一人の女性が社長を訪ねてきた。それが朴苑順《パクウォンスン》だった。遠目にちらと見ただけだったが、ひどく緊張している感じだった。

彼女は一時間ほど社長と話していた。それから戻っていった。やつれた表情には何か思い詰めたものがあるようだった。自殺でもしそうな雰囲気だった。何があったのだろうと思っている間もなく、社長が金栄煥を呼んだ。

「あの人とは組合の会合では会《ア》たことがあるが、話すのは初めてた」

と張社長は話す。

朴苑順は韓国の光州近くの田舎で育った。家が貧しくて中学しか行けなかった。中学を出て光州で住み込みの店員をしていたところ、結婚を仲介するおばさんに見初められ、在日の金持ちと見合いをした。在日の男は体が弱い人で嫁の来てが無いような人だということだった。当時日本はオリンピックもした、アジアの大金持ちの国だった。そんな国に暮らす在日僑胞はみな大金持ちで、日本に行けば楽に暮らせると誰もが信じ込んでいた。

見合いをした相手は青白い顔をしており、いつ倒れるかも知れないような不安を覚えた。しかし悪い人ではなさそうだったので結婚をした。そうして日本にやってきた。十九歳の時のことだった。

嫁ぎ先はパチンコ屋だった。夫は体が弱かったが、二人の子供に恵まれた。嫁いで三年で夫は他界した。その後は舅に仕えた。舅が生きている間パチンコ店は順調だったが、昨年舅が死んでからは店長の横暴が目立ち始め、平気で不正をするようになった。クビにしたいが、次の店長が決まらない。

数年前、彼女は自分と同地区の「パラダイス」が急に良くなっていくのを見た。きっと釘がうまい人がいるのだと思った。ついては釘を教えて頂きたい。このままでは親子三人路頭に迷うしかない。社長の競争相手になるようなことはない。何とか食べていけるだけのことをしたいのだ、ということだった。

張社長はそう話してから、つけ加える。

「亭主というのが神経病というのかな、とてもひ弱で、結婚なんかてきるよな状態《チョウタイ》ちゃなかったんたが、韓国からいい娘《こ》を見ちゅけてきたんたよ。それで子供までてきた。これは噂なんたが」

と社長は声を落とす。

「次男は舅の子供だという噂なんだ。亭主は死ぬ前は寝たきりでね。とても子供を作《チュク》れる状態《チョタイ》てはない。しかし子供ができた。あそこの舅は女狂いでね。あちこちの女に手を出していた。それでついには嫁にまで手をたしたと当時は噂になったものたよ。亭主が死んでからあそこの舅が脳溢血《ケチュ》で倒れるまでは妾状態《チョウタイ》だ。噂は早いからね。多分本当ちゃないかと思てる」

　なるほどと金栄煥は思う。人間関係については朝鮮人部落で育ったせいか、何を聞いても驚かない。まあ、そういうこともあるだろうと思うぐらいだった。社長は続ける。

「しかしあの嫁さんの偉いところはそれからで、半身不随《ジュイ》の舅を毎日病院《ピョウイン》に世話に行くんたよ。自分《チプン》に苦労だけを与えた男なのに、死に水を取るまで面倒《メンド》、見たんたから大したものだ。古き良き時代《チタイ》の儒教《ジュキョ》精神が染みこんでるんたな。結婚する相手さえ間違えなければいい人生《チンセ》を送っただろうに、いまたに苦労してる」

　それから社長は金栄煥の顔を見る。

「とする？　釘を教えるとすると、部長《プチョ》に行って貰うしかないんたが、うちがお留守になるのも困るしな」

　それで金栄煥は実家から戻って来いと声が掛かっていることを告げた。自分もそろそろ戻るつもりであることも告げた。張社長はいう。

「そうするとうちも釘の後継者作《チュク》りを急がなければならんわけた」

　金栄煥は答える。

「昨年入ってきた近藤と佐藤は大学出です。頭もいいし、やる気もあります。この一年で大分釘を叩けるようになってきました。あの二人を集中して鍛えようと思います」

「そうか。うむ、そしてくれ」

「あの、女社長のところはどうしますか？」

「そたな。助けじゃるを得ないたろな。同じ民族《ジョク》たしな。うちがあの店を買い取って、あの人は景品の買い取りをするという選択肢もあるんたが、あの人は釘を教えてくれれば自分《チブン》で経営てきるというんたな。儂は景品買いの方がいいと思うんたが、お前はとう思う？」

「機会を与えて頂けるなら、一度釘を教えてみたいと思います。釘が上達しなければ、その時は景品買いで生きていけるようにしてあげればいいのではないかと思いますが」

「ふうむ。ソしてみるか？」

と社長は腕を組む。そして、

「取りあえじゅ、も少し考えてみるよ」

といった。

景品買いというのは特殊景品の買い取りを意味した。パチンコ店が特殊景品を仕入れる時には、一定の手数料を上乗せしていた。その手数料で一家が生活するぐらいの収入を得ることができた。

二日後、社長は当分の間通いで釘を叩いてあげるようにと、金栄煥に指示した。朴苑順は即座に店長をクビにした。こうして金栄煥は朴苑順のパチンコ店「あさひ」に出向することになった。このとき金栄煥は三十八歳、朴苑順《パクウォンスン》は三十三歳だった。

15

金栄煥《キムヨンファン》が現在住んでいるマンションは高層で可成り高額なものだった。そこに住めるぐらい、彼は二十年間稼ぎ続けてきた。家具や調度は初めは碌なものがなかったが、島野芳美と関係を持つようになってからは、彼女の趣味を反映させて買うようになった。彼の着るものも多くは彼女が選んだ。いい器を使い、いい服を着、いい家に住んでいると心が和んだ。それは初めての体験だった。人がなぜいいものを求めるのかが初めて実感として分かった。高いものにはそれなりの良さがあるということを初めて知った。単純に高いものをありがたがるのではなく、良いものは高いという生活を送ることができた。それは金がなければ知り得ない世界だった。また金があっても島野芳美が居なければ知ることのない世界だった。彼の日常は彼女の審美眼の世界の中にあった。彼自身が自分でいいものを選ぼうとすると、それだけでストレスとなった。だが彼女のお陰で彼は衣食住について考える必要がなかった。常にいいものが彼の周りを取り囲んでいた。いつしか彼は次第に彼女に守られていると思うようになった。それは、普通ならば惚れたと表現すべき状態だった。そんなだったから二人の仲は二十年間壊れることがなかった。だが、二人には結婚する気がなかった。たまに会って話をするだけで楽しかった。気が向けばガタの来た体でセックスもした。それで充分だった。

金栄煥はマンションのソファに座り、窓の外を眺めながら今までの人生を漠然と思い返していた。見下ろした家並みの上を鳩が飛んでいる。年々歳々花相似たり、歳々年々人同じからず、という言葉を思い出す。毎年咲く花は同じだが、それを見る人は同じではない。自然は確実に巡ってくるけれど、その内実は毎年異なっている、ということであろう。

師匠の池田はよく諸行は無常であるといっていた。この世のものは総て変化して留まることがない。人は生まれた時から老化している。この二十年。たったの二十年で自分は軽く動き回っていた状態から棺桶に片足を突っ込む状態にまで変化してしまった。

それからまどろんだ。目を覚ますと空は夕焼けに染まっていた。地球という星で、自分は一つの時代を生きた、と思った。出掛ける準備をした。

彼は兄のパチンコ店で社長をしていた。兄の長男の明洙《ミョンス》は今年三十六歳で専務をしていた。弟の敏洙《ミンス》は三つ年下で常務である。二人を専務と常務にする時に、兄の金賢煥《キムヒョヌァン》は会長になり、金栄煥を社長にした。彼は固辞し長男の明洙《ミョンス》を社長にするようにいったが、兄は、叔父が甥の下の肩書きというのはおかしいといって譲らなかった。それで彼は社長という肩書きを受け入れた。しかしそれは、甥の明洙が社長になるまでの代打のようなものだと思っていた。

明洙と敏洙は二人とも中学まで朝鮮学校に行った。高校から先は日本の学校に行った。長女の幸江《ヘンガン》は今年三十八歳で、二十五の時に他家に嫁いだ。彼女は朝鮮大学を出ている。

パチンコ屋は八十年代に大学卒業者が就職する業種となり、質が格段に上がった。釘は誰もが叩けるようになり、釘師という言葉は死語になりつつあると思った。ただ、如何に演出するかという点に於いては、平台《ひらだい》といわれた昔のパチンコ台も、フィーバー後のコンピューター制御の台も全く変わらないと思っていた。今でも演出に関わる釘の精度は百分の一から千分の数ミリ単位での精度が要求される。スタートチャッカーの命釘だけが板単位の〇・二五ミリずつの幅で調整されているぐらいだ。下手な者は板ゲージだけで調節し、上手な者は玉の導線を演出しようとした。これもまた、昔も今も変わらない。上手は全体を見、下手は部分しか見ない。ただ違いといえば、昔は釘を叩き間違えると店が大損をしたが、今はコンピューターが確率を支配しているので、釘を叩き間違えたからといって即、店が損をするということはなくなった。だから上手と下手の違いが非常に見わけ辛くなっている。

金栄煥は会社に顔を出した。専務の明洙が、

「社長」

と声をかける。そして部屋に招じ入れる。役員の部屋は会長用とそれ以外の役員が共用する部屋との二つがあった。金栄煥は経理のおばさんにコーヒーを頼んでから役員室に入った。部屋は広く、デスクが三つある。突き当たりの広い机が社長の金栄煥のものだった。手前二つが専務と常務のものであった。真ん中には大きな会議用の机があった。そこの一つに坐って専務はいう。

「サムチュン（おじさん）。自分は日本の論調に腹が立って仕方がないんですよ。てめえらは強制連行を何十万としたくせに、たった十人かそこらの拉致で大騒ぎしやがって、俺たちはい

われ放題で黙っていなきゃいけないんですか？」

専務たち三人兄弟は朝鮮学校に通っただけあって、北朝鮮支持派である。そして日本嫌いでもある。無意識では日本が好きなのだが、教育の力でそうなってしまっている。

金栄煥はというと明治維新の方向性が間違っていたと考えている。植民地主義ではなく、通商国家主義を選択していれば、日本は朝鮮やアジアからここまで嫌われてはいないだろうと思っていた。だからもし坂本龍馬が生きていたなら日本は朝鮮を植民地にしなかっただろうと思っている。彼の師匠である勝海舟が、植民地主義には反対だったからである。龍馬が生きていたら日本は日清、日ロの戦争に勝っても利権だけを得て、他国に干渉せず、貿易で儲けたに違いない。

悪いのは政策決定者であり、個々の日本人ではない。悪いのは制度であり、日本文化ではない、と彼は認識していた。彼は怒りに包まれている甥を見て軽くため息をつく。そしていう。

「日本が強制連行をしたからといって共和国が拉致をしてもいいという理屈にはならんだろう」

「それはそうですが、しかしねえ、悔しいですよ」

金栄煥は軽くいう。

「悔しいのは共和国のあほさ加減だろう。日本に対してじゃあるまい。拉致は拉致。強制連行は強制連行だ」

専務は叔父から何とか賛成の言葉を引き出そうとして続ける。

「拉致で強制連行がうやむやにされそうです」

しかし金栄煥はまたもさらりと受ける。

「まあ中にはそんな奴もいるかも知らんが、多くの日本人はそれほど卑怯だとは思わないよ。もっと冷静だと思う」

経理のおばちゃんがコーヒーを運んで来る。彼は礼をいってプラスチックのカップを受け取った。専務はいう。

「朝鮮高校では民族服をやめようという動きが出ています」

金栄煥はそれに対しては一つ頷く。

「やむを得んだろう。若い女の子だけを日本の怒りの矢面に立たせるわけには行くまい」

専務はしびれを切らしたように机にしがみつく。そして訴える。

「サムチュン、日本人に何かいい返す方法はないんですか」

ふうむ、とため息をつきながら彼はカップをテーブルに戻した。それから専務の顔を見る。

「いい返せば強制連行を正当化している卑怯な日本人と同じになる。間違いは間違いだ。謝るしかないだろう」

「くそう、悔しいなあ。金正日《キムジョンイル》の馬鹿は全く何をやってんだろう」

コーヒーを飲み、金栄煥は聞いた。

「会長はいる?」

「会長は今日はもう、戻りました」

「そうか。じゃあ会長に飯を食いに行っていいか、ちょっと聞いてくれる?」

「はい」

専務は会長に電話をした。金栄煥はその夜会長を訪ね、自分は癌でそれほど長くない、ということを告げげた。引退の時であると宣言した。

「お前まだ六十だぞ。これからじゃないか。誤診じゃないのか?」

と兄はいった。しかし誤診でないことは自分の体の不調が訴えていた。

「来週で会社を辞めます。あとはぶらぶらさせて下さい」

会長は同意した。

16

朴苑順《パクウォンスン》のパチンコ店「あさひ」には殆ど資金が残ってなかった。

彼女は釘さえうまければ客が来ると誤解していた。彼はいった。

「社長、逆です。来た客を逃さないのが釘の腕です。まず最初に客を店に入れることができるかどうかは、店の雰囲気であり、明るさです。釘は関係ありません。暗くて汚いパチンコ店に客は来ませんよ」

と彼はいった。朴苑順は神妙な顔で頷いた。早急に壁のペンキを塗り替え、電飾用の切れた電球を取り替えなければならなかった。ネオンサインも新品にする必要があった。内装もやり変え、店内を明るくしなければならなかった。しかし修繕費用がなかった。銀行も信用金庫も民族系の信用組合も修繕費用を出してくれなかった。

金栄煥《キムヨンファン》は張社長のところで働いた五年の間に三千万円近い貯金をしていた。その金を彼は朴社長に提供することにした。金が消えてしまう危険性はあったが、この女に賭けるのなら、消えても構わないと思った。どうせ独り身である。金があったところで使い道はなかった。彼はこの女を助けてみたいと思い、決断した。

彼女はその話を聞いて、喜ぶかと思いきや暗い顔になった。そしていう。

「もしもの場合、私はそのお金を返せません」

と朴社長はうつむく。その反応に彼は内心で感激した。彼女は自分一人の利益を考えていなかった。それが彼女の言葉で分かった。いい人だと彼は思った。

彼女の日本語には、全く訛りがなかった。一世の多くは日本語に訛りがあったから金栄煥は驚いた。十九歳で日本に来たとはいえ、これだけ訛りのない日本語を話せるのは、よほど頭がいいか、耳がいいかだろうと思った。金栄煥はいった。

「この会社を立ち直らせることができなかったら、それは自分の責任ですから、その時は自分のお金は諦めます。立ち直らせることができたら、このぐらいのお金は直ぐに返せます。どういう金額ではありません」

直ぐに外装の修繕に入った。丁度田植えの農繁期にかかっており客の増加は望めない時期だったので、修繕にはいい時期だった。内装は天井の張り替えだけをした。それでも見違えるように店の中は明るくなった。金栄煥は朴社長とともに従業員の全員で徹底的に掃除をした。駐車場の草取りも全員でやった。午後から夕方にかけては事務所で釘の練習をした。事務所の壁に沿って三台のパチンコ台を固定し、釘の練習ができるようにした。

釘の練習は店の修繕をしている時も続けていたので朴社長はだいぶ釘に慣れてきていた。その日金栄煥は風車の機能を一通り教えてから、実際に釘も叩かせてみた。それから彼は高度なテクニックも教える。

風車の下には二本の釘があり、その下に、はかまと呼ばれる「ハ」の字型をした釘の列がある。玉の入る穴は、その、はかまの下に位地している。もちろん穴の上には二本の命釘がある。

金栄煥はいう。

「玉を暴れさせる釘の打ち方があります。今はできなくても一応そういうものがあるという理解をしておいて下さい。風車の下のこの釘をゼロ五に作ります。その直ぐ下のはかまの入口はゼロ三です。こうすることではかまに入る玉数を少なくできます。次いではかまの二番目の釘をゼロ四に作ります。こうするとゼロ三に何とか入った玉がゼロ四で開放されるために暴れます。暴れた玉は命に当たって、弾かれやすくなります。こうすれば命を広めにしながら入賞を少なくできます」

朴社長は真剣な顔で頷いた。金栄煥は続ける。

「釘は客との心理戦です。客の期待を裏切らない玉の動きを保ちながら、穴に玉が入るように見せかけて、その実入らないような釘を作るのです。但し客の負けが込んでいる時には戻してあげなければなりません。客を楽しませた対価がパチンコ店の粗利です。パチンコは博打じゃないですよ」

「はい」

彼女は深く頷いた。

朴社長は、釘を叩かない時は店のカウンターにいた。金栄煥はその時、たまたま店の反対側で社長を見ていた。声は聞こえないが、動作で朴社長と客とのやり取りが分かった。

「あら○○さん。もうお帰りですか？」

「社長、今日は全く出ないよ。全然駄目だ」

「あら、それはいけません。ちょっと待って下さい」

社長はカウンターの下から玉をプラスチックの箱に入れて差し出す。

「これ使って。もっと遊んでいって下さい」

「へ？　いいのかい、社長」

「だいじょうぶよ。頑張ってね」

動作だけを見ていて彼女の声が聞こえるのは不思議だった。俺はもしかして、あの女に興味を持っているのかも知れないと漠然と考えた。三十分ほどして彼は事務所に戻った。更に三十分ほどして社長も事務所に戻ってきた。金栄煥は声を掛ける。

「社長、ちょっといいですか？」

「はい？」

目が合い、どきりとする。ガキじゃあるまいしと自分に舌打ちをした。

「さっき客に玉をあげてたでしょう」

「ああ、見てたんですか」

と社長は笑顔を見せる。

「あれがなにか？」

よく耳に残る声だと思った。なぜそう感じるのか不思議だった。彼女を見ていると心が焦げるような気持ちになる。それは遠い昔に近くの奇麗なおばさんを見た時の感情だった。もしかしたらあれが自分の初恋だったのかも知れない。しかしやがて自分が朝鮮人だと知ってからは、あらゆる感情を押し殺してきた。大きくなるまでの間に恋愛感情までも押し殺すすべを身につけていた。それが彼女と対すると、まるで昔にタイムスリップしたかのような感情を抱かされた。忘れ、封印していた恋する心を彼女が突き壊しているかのようだった。金栄煥は息を吸ってから話し始める。

「客は公平に扱わなければなりません。さっきの客にだけ玉をあげて、他の客にあげないというのは、よくありません」

「そうですね。だけど阿部さんはよく来てくれるのに、いつも負けてばかりで、あまりにも申し訳なくて」

「それは分かります」

「金さんのいうことも分かるんですよ。だけど負けてばかりの客にはつい、玉を上げてしまうんです」

金栄煥は頷いてからいった。

「あの人には、何度かに一度、甘い釘の台を上げるようにしますよ」

「ああ、それがいいですね」

と、朴社長は椅子に腰を下ろした。彼も椅子に座った。

「金さんは差別とかにうるさい方《ほう》ですか？」

突然何のことだろうと思う。彼は少し間をおいて、

「さあ？」

と首を捻る。彼女はつけ加える。

「公平ということに敏感みたいだから、もしかしたらそうなのかなと思って」

ふむ、と彼は考える。学生時代の光景が思い出される。日本の差別政策に悲憤慷慨していた多くの人間を思い出す。

「差別が好きな人はいないと思いますよ。特にやられる側はそうです」

「それはそうですけど」

彼は学生時代の記憶を辿る。朝文研にいた優秀な在日は、日本に悲憤慷慨していた。しかし彼らはどれだけ優秀でも、一流企業に就職出来なかったし、資格も取れなかった。今も多くは焼き肉屋や古鉄屋をしている。彼は感想をいう。

「日本は変わりませんよ」

そして日本には「ガイジン」が二種類あるという話をする。ヨーロッパやアメリカの人は「外人」で韓国や中国などは「害人」であった。

「日本はそうやって我々を排除してきました。嫌われ続けると、こちらも日本に背を向けてし

まいます」

「いろいろと詳しいんですね」

と朴社長。

「初めて聞く話ばかりです」

金栄煥は湯呑みのお茶を飲んだ。

「まあ、暇に任せて色んな本を読んでみましたから」

「活動とかはされないんですか？」

「活動、といいますと？」

「日本に対して抗議したり、韓国に支援をお願いしたりとかです」

「それは、民団とか総連の人間がやるでしょう」

「金さんは組織に入ろうとは、思わなかったんですか？」

「組織では飯が食えません。自分はノンポリですから。生活を賭けてまでやる気はないです。それに自分は、日本人が嫌うチョウセン人がどれだけ役に立つ奴らだったかということを、金を儲けることで示したいと思っています。在日は金を儲けて、日本人を一人でも多く雇うことです。日本に富をもたらす存在だということを示さなければなりません」

「立派な考えです。ええ、そうでなければなりません」

「だから社長も金を儲けてください。成功してください」

「はい。頑張ります！」

二人は見つめあったまま笑った。それから彼は自分でお茶を煎れた。スチール製の椅子に戻り、

「在日の多数派は、民団でも総連でもないですよ」

という。民団というのは韓国を支持している団体で、総連というのは北朝鮮を支持している団体である。朴苑順は不思議そうな顔をした。

「民団や総連より大きい組織があるんですか？」

「組織はありません。しかし数の上では最大だと思います」

彼はお茶をすすってからつけ加える。

「帰化した人たちですよ。日本人になった人たちの方が遥かに多い」

「え？　そうなんですか？」

にわかに信じられないといった表情だった。帰化者は既に十万人を超えていた。その者たちの子孫まで合わせると、五十万人ぐらいになるという推計を見たことがあった。だから在日は本来なら百二十万人ぐらい居るはずなのに、統計上は敗戦直後も今も六十五万人のままである。だから多数派は帰化者たちであって、民団や総連ではない。推計が間違っていたとしても今後は帰化者が確実に多数派になるだろう。金栄煥はそういったことを話した。

なるほどと頷いてから朴苑順が聞く。

「金さんは帰化はしないんですか？」

「自分はしません」

「それはどうしてですか？」

かつて見知った日本人の中にもこういう質問をしてくる者があった。その時は適当にごまかした。いっても分からないと思ったからだ。しかし彼はこの時は真面目に答えた。

「意地です。意地だけですよ、帰化しないのは」

「意地ですか？」

と彼女は繰り返す。そして笑顔でいう。

「分かりやすい答ですね」

意外な反応だった。意地だというのを、分かりやすいと評価してもらえるとは思わなかった。しかし彼女は理解を示した。在日同士は同じ環境で生きているから、ポイントとなる言葉一つで、状況や思いが伝わるということがあった。彼は同意を示されたことで、自分の気持ちが彼女の方に傾くのが分かった。彼はつけ加える。

「自分は韓国が好きで韓国人をやっている訳じゃありません。日本が我々を排除するから仕方なく韓国人をやっているだけです。いってみればノンポリ韓国人ですよ。だから自然に日本人になれるのなら、日本人の方がいいと思っています。しかし日本人は殊更に我々を排除する。日本の帰化手続は、土下座させられるのと同じような内容です。自分という存在を、排除されてもしようがない、害を及ぼす害人だと認め、どうぞ日本人にして下さいと頭を下げなければ日本人にはなれない。日本名を強制されるのはもちろんのこと、いよいよ最後には踏み絵として家族全員が十指の指紋と手の平の掌紋まで取られます。犯罪者と同じ扱いですよ。そうまでしないと日本人にはしてもらえません」

彼はここで息を継いだ。

帰化時の日本名の強制は一九八六年頃まで行われていた。また指紋の採取については、法務省は、一九九二年十二月をもってやめ、それまでに採取した二十二万五千人分の指紋の原紙を一九九四年七月に廃棄処分したというが、真偽は確認されていない。金栄煥は怒りを抑え呼吸を整えてから静かにいう。

「そこまでしなければならないのなら、願い下げですね。我々が日本に住まざるを得ない原因を作ったのは日本です。自分たちの親はパスポートを持って、日本のビザを貰って日本に来たわけではありません。来た時は日本人です。ところが日本は、戦争に負けた途端に我々を日本人ではないと排除し始めた。日本の都合で、日本人になったり、外国人になったりです」

少し間をおいて彼はいった。

「日本が我々を排除する限り、こちらも日本を排除し続けるだけです。殺されても日本人にはならない。それが自分の最後のプライドですよ」

朴苑順は考えていた。それから聞く。

「帰化した人たちはプライドがなかったんでしょうか？」

金栄煥は朴社長の顔を見る。いい突っ込みだと思う。それから続ける。

「未来を取ったんだと思いますよ。自分のプライドを傷つけ、人間であることをやめても、子供たちは日本人にしたかったんです。自分の代で日本人になっておけば子供たちはチョウセン人といじめられることもない。そのために自分を犠牲にしたんですよ。帰化した人たちの多くは自分の人生を放棄し、断腸の思いで土下座をしたと思いますね」

彼女は険しい顔をして深く頷く。自分の子供のことを考えているのかも知れなかった。彼はそれでつけ加えた。

日本の差別構造というのは大道具でしかない。彼らの最終兵器はほかにある。それは日本語だ。日本人は日本語で韓国人を抹殺するのである。

日本人がチョウセン人を差別しても当の日本人に矛盾は起きない。しかし在日の二世は、頭の中が日本人である。自分の頭が排除するチョウセン人とは、自分自身のことである。この構造のために二世以下のものは日本語によって自分を差別し続けるという爆弾を抱えこまされる。日本語が頭に吹き込まれた瞬間から、二世は死ぬまで自分を差別し続けるのである。日本語は仇である。

聞き終えて朴苑順はいった。

「金さん、学校の先生みたいですね」

「韓国人は先生にはなれません」

金栄煥は簡単に受け流した。彼女は笑顔でいう。

「どこでそんなに勉強したんですか？」

彼は軽く笑ってからいった。

「暇に任せてです。どれだけ在日のことを知っていても一円にも成りませんよ。趣味のようなものです。それに一世は、いま話したような二世の精神世界を知りませんしね」

彼女も一世である。どういうことかと興味のある表情になった。彼はつけ加える。

「一世にとって日本語は道具ですが、二世にとっては凶器です。自分を破壊し続ける凶器です。一世は日本にも住めますが、二世は日本にしか住めません」

彼女ははっとした顔になる。そしていう。

「うちの子供たちも、そうすると、日本語にもう犯されているということですよね」

「ええ。そう思います」

「どうすればいいんでしょう？　もう手遅れでしょうか？」

「日本語を、道具の地位にまで落とすことでしょうね」

「それはどうすればいいんでしょうか？」

「ウリマル（母国語）をできるようにすることです」

「ウリマルを覚えさせるといっても、学校がありません」

金栄煥は張社長と以前に平壌にいる長男について話した時のことを思い出した。

「仙台に朝鮮学校があります。パラダイスの息子さんたちもそこに行ったそうです」

「朝鮮学校ですか？　ペリゲエ（赤野郎）の学校に行くんですか？」

ペリゲエとは共産主義者に対する蔑称だった。

「パラダイスの社長もペリゲエですよ。それに日本に住んでパチンコをやってベンツに乗って、それで共産主義者になんか成りようがないでしょう？」

「ええまあ」

それはそうですが、と彼女は不安げなままである。

「自分の子供がペリゲエの学校に行っていると分かったら、韓国の親戚が反共罪で捕まってしまうかも知れません。それはやはり無理です」

彼女はそれから金栄煥の顔を見ていった。

「何か他の方法はないですか？　金さんは日本語を克服している訳じゃないですか。克服しているからこそ、そういうことに気がつくんでしょう？」

金栄煥は腕を組んだ。自分の生き方がまともだとは思えなかった。

「自分は過去のことはできるだけ忘れるようにしています。忘れられないけれど、意識には置かないようにしています」

子供の頃、不法に住んでいた地域に番地はついてなかった。夏になると祭りで子供みこしが練り歩いたが、番地のないチョウセン人部落には声が掛からなかった。児童会の集まりにも呼ばれることはなかった。成人式の日、日本人は区や市の施設に、お祝いに呼ばれたが、彼には何の通知も来なかった。外国人にも声が掛けられるようになるのは、ずっと後になってからのことだった。

「自分は過去を忘れ、未来に期待せず、ただ目の前のことだけに反応して生きてきただけです。人間らしさを封印し、特に日本人の女性には距離を置いてきました。日本人にならなければならないようなことには近づかないようにしてきました」

思えばまともに恋愛をしたこともなかった。心から人を愛したこともなかった。そうやって感覚を麻痺させて日本の差別を意識しないようにしてきた。そんな生き方がまともな生き方だとは思えなかった。

「帰化した方がいいかも知れませんね」

と彼はいった。彼女は驚いた顔になる。彼はつけ加える。

「それが一番確実な方法です」

日本人になれば頭の中の日本語がチョウセン人を差別しても矛盾は起きない。心の平安は保たれる。彼女は少ししていった。

「私も帰化はいやです」

彼女は怒りの籠もった目でいう。

「金さんの話で、いま、はっきりと分かりました。夫は日本語に殺されたんです。自分で自分を差別し、ノイローゼになり、食べることもやめて死んでしまったのです」

当時の辛い状況を再確認しているのか、彼女は少しの間目を閉じていた。再び目を開けると、彼女はいった。

「夫を苦しめ、そして殺した日本に、頭を下げて、そんなことまでして、日本人になりたくありません」

そういい終えてから彼女は金栄煥を見た。彼は思う。だからこそ、子供を同じ目に遭わせないために、日本国籍になった方がいいのだ、と。しかし彼は何もいわなかった。そこまで他人の人生に立ち入ることはできなかった。

遅番の人間が出勤してきた。ロッカー室で服を着替え、事務所にやって来る。

「おはよーございマース」

と、三十代の主婦が二人入ってきた。朴苑順は立ち上がり、

「おはようございます」

と笑顔で迎える。話はそれでやめになった。

数日後、テレビは韓国の光州で市民が町を支配していると告げた。朴社長は事務所のテレビをじっと見てる。

「私は光州に住んでいたのよ。この建物もこの通りも、全部記憶があるわ」

そして数日後、軍が投入され、人々の中に死傷者が出ているというニュースを見ながら、朴社長は泣いていた。彼女は頬の涙を手で拭いながら光州の様子を見ていた。金栄煥もその画面を見ながら、

「シーバル」

と呟いた。朴社長は気持ちが落ち着いてから、いった。

「若い頃は日本に行きさえすれば幸せになれると思っていたの。それで仲人のおばさんのいうままに日本に来たのよ。だけどそれは私の思い違いだった。幸せはお金だけでどうにかなるもんじゃないということが日本に来てはじめて分かったわ。光州のニュースを見て、光州に帰りたくて堪らない自分に気がつくの」

「今は飛行機でいつでも行けるじゃないですか」

と彼はいう。彼女はいった。

「旅行で行くのなら行けるわね。だけど私はこの家に嫁いできたのよ。韓国では一度嫁いだら、死ぬまでその家から出ることはできないし、離婚もできないわ」

「いまもそうですか？」

「若い人は離婚するようになったけれど、私は駄目ね。古い人間だから」

「シーバルだな」

朴社長は金栄煥を見ていう。

「さっきもその言葉を使ったけれど、金さんはその言葉の意味を知ってて使ってるの?」

金栄煥は背筋を伸ばす。

「いえ、知りません。朝鮮人部落で大人たちが使っていたので自然と自分も使うようになっただけですが、悪い言葉なんでしょうね」

「はい。とても悪い言葉です」

「どんな意味なんですか? 自分は言葉は碌に話せないもんで、意味も分からずに使っていました」

彼女は少し迷ってからいった。

「それは、私の口からはいえないくらい、とても悪い言葉です」

「そうですか。分かりました。これからは使わないようにします」

朴社長はパチンコ店の二階に従業員と一緒に住んでいた。二人の男の子も一緒だった。兄の聖珍《ソンジン》は小学六年生。弟の東珍《トンジン》は五年生だった。彼女は夕食後は子供たちと夜の八時ごろまで過ごして、それから事務所に降りて閉店の準備をした。店は九時に閉めた。スタッフはそれから掃除をする。朴社長は売上の集計をした。金栄煥はデーターを見ながら明日の釘を叩いた。終わるのは午前一時頃である。金栄煥はふた月ぐらい経ってから、朴社長に練習台ではなく、本物の店の釘を叩かせ始めた。最初は右の落としの釘だけである。しくじっても店が大損しないように、台の一部分で練習をした。朴社長が釘を打つ時は、夜中の二時か三時までかかった。それから金栄煥は自分のアパートに帰った。

金栄煥は二階の寮がいっぱいだったので、近くにアパートを借りて住んでいた。彼のアパートは誰も借り手がないような古い建物だった。こぎれいなアパートは、ここでも「外国人お断り」で閉め出された。在日韓国朝鮮人が外国人の九割以上を占めていた時代である。「外国人」というのは、すなわち「チョウセン人」のことでしかなかった。結局日本という国は、一般論を装いながら朝鮮人を排除しているだけなのだと、金栄煥は感じていた。

食事はパチンコ店に来てした。賄いは木島という近所の農家の主婦だった。木島は朝の六時半に来て朝食を作ってくれた。子供たちは朝食を食べて小学校に行く。従業員は八時頃から朝食を採った。金栄煥も八時半頃に出勤して朝食を採った。従業員は九時になると店に出る。そして店内や台の裏、店の回りの掃除などをした。

金栄煥は週に二回は「パラダイス」の本店に行き、近藤と佐藤に釘の指導をした。既に彼らは叩く指導をする必要がないレベルだった。ホールコンのデータを見て、どうしてこの台の釘をこのようにしたのか、という問答が中心であった。それにより、二人が客をどう見ているのか、客とどういう駆け引きをしようとしているのかが分かった。判断と釘が合わない時には指導をした。例えば客を遊ばせたいのであれば、右のチューリップを開けるよりは左の方が客が喜ぶ。右はきつめ、左は緩めにして、チューリップに流れる玉の数を少なくする釘調節をすることになる。チューリップに行く玉は少ないが、行けば何個かに一つは入るという調節ならば、客は飽きることがない。それでいて客の持ち玉は大して増えないようにしておかなければならない。急に出たり出なくなったりするスランプを繰り返している内に、結局は店が勝つという釘が叩くべき釘だった。

「なぜこの釘を上げ三度にするのか?」

「ええと、それは、下の風車に捕まりやすくするためです」

「それならばなぜ風車は右に寝ているのか?」

「チューリップに玉を誘導したいからです」

「だったら、この釘が十二ミリというのは、どう解釈する?　これだと玉が逃げやすい」

「ううむ」

と若い二人は考え込む。

「多分お前たちの頭には二つの方法がある。ひとつは風車を傾けてチューリップ回りに多くの玉が行くものの、その内の多くを外に逃がしてやるという調節だ。もうひとつは、チューリップにはそんなに行かないが、チューリップ回りに行った玉は何発かに一発は入る、という調節だ。これのどちらを客が受け入れるか、ということだ。ここの釘が十二ミリだと折角誘導した玉の多くが逃げてしまう。逃げていく玉を見て、客はどう感じると思うか、だ。まあ、感性の世界でもあるけどな。その判断によって釘をどう叩くかが変わる。客の立場で考えるんだ。そして釘を叩く時は店の立場で叩く」

二人は盤面を見続けている。そして近藤がいう。

「客を失望させないためにはやはり、チューリップ回りに行った玉は逃げない方がいいですね。そこは、間違いでした」

佐藤も頷く。金栄煥は続ける。

「それじゃあ、風車は傾ける必要はない。元に戻す。確率二分の一で玉は左に行く。その代わりここの十二ミリを十一・五にしてチューリップから逃げる玉を今よりも少なくしてやる。客の期待感は高まる。チューリップの命を今よりも少し閉める。ゼロ五ぐらいだろうな。これぐらいだとうまい客は勝つが、下手な客は負ける」

「はい分かりました」

「よし、じゃあ釘を叩き直して」

近藤は釘を叩き直した。佐藤はそれを真剣な顔で見ている。

七月頃から「あさひ」の客が徐々に増えだした。やっと店に活気が戻ってきたといった感じだった。

「金さん有り難う。やっと何とか希望が見えてきそうです」

と朴社長はある日売上の集計を終えていった。

「私がパチンコをするようになって、今日は初めて売上が二十万円を超えました」

普通の店ならば二十万円の売上というのは大した水準ではなかった。金栄煥が「オーロラ」でアルバイトをしていた頃は、二十万円で大入りが出たが、当時と今とでは物価水準が違った。実感として物価は四倍になっていた。だから現在の「あさひ」の売上は金栄煥が高校生の頃の「オーロラ」の、日常的な売上の半分の水準でしかないということになる。しかし「あさひ」は殆ど客がいない状態からの復活である。二十万円の売上は意味があった。

「何かお祝いをしたいんですが？」

と朴社長は恥ずかしそうにいう。金栄煥はそんな彼女を見て無性に抱きしめたくなったが、何とか堪えた。そしていう。

「大入りというほどの売上ではありませんが、従業員に大入り袋を配りましょうか？　五百円札を入れて封筒に大入りと書いて渡すんです。経営者と従業員とで、みんなで成功を分かち合うという日本の風習です」

「ああ、それはいいですね」

と彼女は落ち着いた笑顔を見せた。金栄煥は大入り袋を作って見せた。次からは社長が自分で作るだろう。彼はいう。

「明日の朝は朝礼をして、皆に大入り袋を渡しましょう」

「はい」

「だけどこの次大入り袋を配るのは、五十万円売った日ですよ」

「五十万円？　そんなに売れますか？」

「売れるんじゃありません。売るんです。それが釘の腕です。朴社長ならできます」

「はい！　金さんありがとう。私、頑張ります」

良い声だと思う。いつも前向きで必死に生きている人間の声だと思った。そのひたむきさが自分を暖かく包むのかもしれなかった。他の女性の声を聞いても、いい声だと思うことはあまりない。島野芳美の声もいい声だとは思うが、感動するほどではなかった。彼は自分が朴社長に惚れているということを認めたくなかった。彼は平静を装いつつ、ひとつ頷いてからいった。

「ええ。みんなで頑張りましょう」

八月になり、客足はゆっくりではあったが着実に増えていた。九月は稲刈りの時期で、パチンコ屋はどこも閑古鳥が鳴く。十月になると再び客足が戻ってくる。十一月は堅調で、これで「あさひ」は大丈夫だろうという手応えを感じた。そんな中、機械の卸問屋から、新型機械の情報がもたらされた。フィーバーという機械だった。カタログを見せてもらった。インベーダーゲームみたいな機械だなと思った。前の年に突如として全国でインベーダーゲームが大流行になり、パチンコ業界は大打撃を被っていた。それで苦し紛れにこういうものを出してきたのだろうが、こんな機械に客がつくのだろうか、と思う。聞くと機械の値段は可成り高い。今までの倍の水準である。それまでは新台は五万円から七万円の水準だった。「あさひ」の実力からすれば一、二万の中古台で何とかしのぐのが精一杯である。この機械が当たるのなら、中古台が出てからでいいだろう、と思った。

クリスマス前のことだった。「パラダイス」で釘の指導をしていると張社長から呼び出しがかかった。

社長室に入るや張社長が聞いてきた。

「フィーパというのが凄《スコ》い人気らしい。パチンコ不況を吹き飛パすという、もっぱらの噂た。聞《キ》たことあるか？」

金栄煥は頷く。そしていう。

「業者がカタログを持ってきたんでその時に見ました。インベーダーゲームみたいな機械だと思ったんですが、噂が本当ならそうじゃなかったみたいですね」

「当たりになるとアタカというのが開きっぱなしになって、そこに玉が入り放題タそうた。十《チュウ》万円勝《か》て帰る客もいると聞いたじょ。売上も台当《たい》たり三万円になるという話した。長岡のパチンコ屋ては連日全台満席《レンジジュジエンタイ》ということた」

一流といわれる店でも台売りが五千円程度の時代である。それが三万も売り、しかも全台満席と聞かされてもピンと来ない。業界の人間がいっているのでなければほら話だと思うところだった。

「あさひ」にもどった。勝つ客が十万円も勝つというのなら、他の客にはそれ以上負けて貰わなければパチンコという商売は成り立たない。それだけの金が動くということは、もはや遊びではない。博打だ、と彼は思った。警察がそんな機械をよくも許可したものだと不思議だった。

正月に「パラダイス」の社長宅に新年の挨拶に伺った。張社長が、

「フィーパはうわさ話パかりで、とぅもよく分からん。一度長岡に見学に行こうと思うんタが、お前も行くか？」

「それは有り難うございます。是非連れて行って下さい」

三が日が開けて数日してから、張社長から連絡があった。日本全国のパチンコ店の経営者が長岡に見学に押し寄せているようで、ホテルを確保できなかった、ということだった。取りあえず自分と専務の二人だけで行ってくる、ということだった。

電話を切り、暫くして事務所に降りてきた朴社長にその話をした。すると朴社長は真剣な顔でいう。

「キムさん、私たちも長岡に行きましょう。そんなに凄い台なら、うちでも入れましょう。キムさんの借金を返すのは遅れるけれど、今あるお金でなんとかフィーバーを入れることはできます」

金栄煥は驚いた。しくじれば倒産をしないまでも可成り打撃を受ける金額である。足腰が弱っているにもかかわらず桶狭間の合戦に打って出るようなものだと彼は思った。

「社長、長岡ではホテルがどこもいっぱいで取れないそうですよ」

「それは予約できるホテルでしょう？　旅行社と契約してない民宿やビジネスホテルなら、探

せばあるでしょう。それにいよいよとなれば夜行で戻ればいいわ。キムさん、明日の朝一番で出掛けましょう」

素早い決断に驚かされた。そんな性格は一方で客に、玉をただでやるという、気っぷの良さとして出ることもあった。客はそんな彼女の優しさと色気とそして男気についていた。彼はふと、この人は料亭であれ、旅館であれ、やればどの世界でも一流の女将さんになれる人だろうと思った。そうした彼の彼女に対する尊敬の念は、恋ごころそのものだった。

翌日特急を乗り継いで午後二時頃に長岡に着いた。駅を出ると駅前の商店街に人だかりがしている。商店街の屋根は長く、歩道を完全に覆っていた。道路脇には一メートルほどの雪が積み上がっている。店を覗くと凄い熱気である。従業員は祭りのはっぴを着て飛び回っている。当たりを引いた客は興奮し狂喜乱舞である。玉がひっきりなしに出て来る音で興奮度は更に上がる。出て来た玉を運ぶ箱が足りないので、ブリキのバケツに玉を入れている。島の端では、地下で磨いた玉を上の樋に乗せる機械の速度が追いつかないため、人がバケツで玉を掬い上げては、上の樋に流し込んでいた。日本中の祭りがここにやってきたかのような騒ぎだった。

取りあえずフィーバー機を打ってみたい。それで順番の列に並んだ。並んでいる間に機械を観察する。チャッカーという入賞穴に入るとドラムが回る。ドラムは自動で止まり7が三つ揃うと、下のアタッカーという板窓が開く。開きっぱなしなので玉はどんどん入り込み、入り込んだだけ玉が出て来る。五分間で約三千発が出る。まるで機械が火を噴いているかのような光景だった。まさしく鉄火場だと思った。これでは博打じゃないかと苦々しい。

心を落ち着け、冷静になって台の分析を試みた。時代が変化する時、時代について行けず、昔はよかったというようになったらその人間はお終いである。時代を肯定し、時代に合った対処の仕方を考案しなければならない。生きている限りは競争である。

日が陰ってきた。金栄煥はホテルを探さなければならない、と思った。彼は自分の前に並んでいる朴社長に声をかけた。

「自分はホテルを探して来ます。社長はこの店にいて下さい」

彼女は頷いた。止めどなく玉が出る光景を見て彼女も興奮しているのが見てとれた。

「お願いします」

という彼女の声を聞き、金栄煥は列を離れて屋根の突き出た商店街を奥に向かって歩いた。直ぐ裏手が繁華街だった。ビジネスホテル、ラブホテルと回ってみたがどこも満室だった。表通りに出て、もしやと思い構えのよいホテルを訪ね歩いたが、どこも一杯だった。どうにもならない。夜行列車の切符を買うしかないか、と彼はタクシーに乗った。駅に行くように告げて、

「運転手さん、どこか空いている宿はないですかね」

と聞いてみる。

「いやあ、どうしたんでしょうね。民宿もどこも一杯ですよ。長岡にこんなに客が来るなんて何事ですか？」

全国のパチンコ屋のオーナーが長岡に見学に来ているのだ。街の中心部は人でごった返していた。業界関係者でなければ、突然の人の波に驚くばかりだろう。金栄煥はシートに深く座り込んだ。タクシーは信号で停まった。左手の信号待ちの歩行者に目が留まる。黒いコート姿の男に見覚えがあった。八代正一だった。彼は二人の男を従えていた。

「運転手さんここでいい」

金栄煥は素早くタクシーを降りて歩き出そうとしていた八代正一に声をかけた。

「専務、八代専務」

八代正一は歩道から一歩出たところで立ち止まった。

「あれえ、栄ちゃんじゃないの。どうしたんだよ、こんなところで」

背後にいた宇田浩が頭を下げる。貫禄がついてヤクザの幹部か何かのように見える。近づいて金栄煥は礼をする。専務とは去年、母親の葬式で会って以来である。

「どうも、お久しぶりです」

もう一人の男は見覚えがなかった。取りあえずは黙礼してくる。四人は交差点脇の建物の近くに移動して寒風から身を避ける。金栄煥はいう。

「専務たちもフィーバーの見学でしょう？」

「ああ。噂があんまり凄いんで見に来たんだけど、栄ちゃんはもう見た？」

「ええ、見てきたところです。確かに凄いですね」

「噂通りなの？」

「ええ。噂通りですよ」

「そうか。それならパチンコ不況ともおさらばだな。稼げるぞう。俺たちは今から行くところだ」

「ところでホテルはどうしました？」

「ホテルは予約してきたよ？」

と正一は怪訝な顔をする。そして続ける。

「栄ちゃん、部屋ないの？」

金栄煥は頷いた。

「どこも満室で。ラブホテルも一杯です」

「だったら俺の部屋においでよ。積もる話もあるし」

「それが連れがいるんです。今勤めている会社の社長と一緒なんです」

「社長って、パラダイスだったっけ？　一世かい？　俺たちと同じぐらいの人なら一緒に飲んで、雑魚寝をすればいいけどね」

「いまはパラダイスじゃありません。あさひというところに出向中なんです。そこの社長は女社長です」

「ええ？」

八代正一は考えてからいった。

「その人は若いの？　栄ちゃん、その人とできてるの」

「そんな、馬鹿な」

と否定する。俺は従業員で向こうは社長だ。それに未亡人とはいえ人妻だ。人妻に手を出すほど俺は落ちぶれちゃいないと思う一方で、彼女の裸体を想像してしまう。八代正一はいう。

「栄ちゃんがその女社長とできてるんなら、俺の部屋を譲って俺は店長二人と雑魚寝でもいいよ。だけどできてないんなら、俺がその女社長に部屋を譲る義理はないだろう？」

理屈になっているのか？　と疑問に思ったが、部屋を確保する方が先だった。金栄煥は思い切って、

「実はできてる」

といった。そういった途端に本当にできているかのような気分になった。自分と彼女とは遠い昔から、こうして出会い、そして結ばれる運命だったのかもしれなかった。しかし向こうはこちらをどう思っているのか、そんなことは分からなかった。独り相撲かも知れないという不安が心の底に残った。それに彼女は一度嫁いだからには再婚しないと決めている人だ。どうにかなりそうにもなかった。正一はにやりと笑う。

「ほうら、ほらほら。栄ちゃんもやるねえ。よしそういうことなら部屋を譲ろう」

彼はコートのポケットに手を突っ込んでプラスチックの白い板がついた鍵を取り出した。

「これ譲るよ。その代わり料金は自分で精算してよ」

「うむ、分かった。ありがとう」

四人は連れだって駅前の、フィーバーの入っているパチンコ店に向けて歩き始める。八代専務はいう。

「俺の荷物が部屋にあるから、こっちの部屋にまわしといて」

と宇田をみていう。宇田は部屋の鍵を示した。金栄煥はそれをメモした。階数の違う部屋だった。それから新任の店長の紹介を受ける。歩きながら八代は最近の自分の店の状態を話した。彼はインベーダーショック前にもう一店舗増やして店を二店舗にしていた。その話は母親の葬式の時に聞いて知っていた。そして状況はその頃と変わらず、インベーターゲームの影響で苦戦しているということだった。十分ほどでパチンコ店に着いた。熱気で溢れていた。

「すげえ」

と八代正一は心の底から感嘆の声を発した。他の二人も目が点になっていた。

「あの人がうちの社長だ」

と坐ってフィーバーを打っている女性を指さす。

「え、あれ？　なかなかいい女じゃないの。さすが栄ちゃん。憎いね」

「俺は行くわ」

「また会おう」

八代たちはフィーバーの順番待ちの列に並んだ。金栄煥は朴社長にホテルが取れた旨を伝え、後に立ってフィーバーの玉の動きを追った。

三十分以上打って、やっと当たりを引いた。玉の出方は凄まじい。火を噴いたかのように玉がちんじゃらちんじゃらと出て来る。店員がバケツを持ってきて、出て来る玉を移す。そして打ち止めである。他の客が招かれてくる。結果は当たりを引いても負けであった。なるほど、そういう仕組みかと金栄煥は一つヒントを得た。店を出る時、八代正一たちは列の前方に来ていた。彼は三人に黙礼して店を出た。三人も知らぬ顔で頷いた。

朴社長は、

「知っている人？」

と聞いた。

「ええ。昔の知り合いです」

と彼は答えた。歩きながら適当な食堂に入った。

「部屋は一つしか取れませんでした。社長は部屋で休んで下さい。自分はサウナかなんか探してそこで夜明かしします」

「そんなことをしたら体を壊すわ。ソファかマットかあるでしょう。それで休みましょうよ」

彼女の裸体が頭の中で閃いた。彼女と一つ部屋で寝る。それを彼女自身が勧めている。抱いてもいいというサインではないのかと、心の底に喜ぶ自分がいた。遂に彼女の肌に触ることができる。そう思った。しかし彼はいつもの癖で自分の感情を押し殺す。彼は曖昧に頷いた。そしてフィーバー機の感想を話した。彼女もまた、感想を述べる。二人は仕事の話だけをして食事を終えた。

ホテルの部屋に入り、正一の荷物を移動させるようにボーイに頼んだ。ベッドは幅の広いダブルベッドだった。クローゼットには余分の枕と毛布があった。

「これだったら五人でも寝られるわ。まん中に毛布で壁を作れば、二人寝るのなら充分よ」

と彼女はいった。五人は、さすがに無理だろうと金栄煥は考えた。しかし子供を横に寝かせれば五人寝られるかも知れない、などとも思った。二人はテーブルを挟んでソファに座りビールを飲んだ。

「金さんはどうしてパチンコを職業にするようになったんですか？」

心地よく響く声だなあ、と感じながら、金栄煥は朝鮮人部落のバラックの家並みを思い出した。そこでの日常は汚く貧しく、明日を思い描くことができなかった。

「日本では、在日は人間扱いしてもらえませんでしたから」

と彼は話す。彼の語調は単に事実を伝えているだけで、怨みは籠もっていなかった。

「日本人がしたがらない仕事しか朝鮮人には残されてなかったんです。日本人はパチンコを博打だと思っている。だからこれで稼ぐことを潔しとしない。しかし朝鮮人はそんなことをいっている閑がない。とにかく今日の飯を何とかしなければならない。それだけです。選んでこの職業に就いたわけではないです。ただ、やってみると案外自分には向いていて、結果として人よりいい収入を得て、いい暮らしができたというだけです」

朴苑順は頷く。

「私も日本に来るまでは在日僑胞《チエイルキヨツポ》は何の苦労もなく豊かな暮らしをしていると思いこんでいました。でも来てみると大違いなんですね。死んだ主人もお金持ちではありましたが、精神を病んでいるといってもいいくらいに自分が韓国人であることを嫌っていました。本当に言葉通り、病気でした。気持ちが病んでいました」

金栄煥にはその状況がよく分かった。就職もなく、資格も取れず、学校の先生になることもできない現実を前にして、優秀な在日ほど廃人のような生活を送りがちだった。金栄煥はその点、大して成績が良くなかったので、現実に適応することができた。飢え死にしないために、目の前のことに全力を傾けてこれた。

「自分は成績も悪かったから、世の中に希望を持ちませんでした。それが結果としてよかったと思います。日本人よりも遥かに成績がよくて、優秀な人が何人もいました。しかし知的職業には、我々は就くことができません。どれだけ日本人より優秀でもその能力を腐らされるしかないんです。だから精神を病んでしまうんです。優秀な人間ほどおかしくなってしまう」

彼は軽く首を振った。

「そうですね。在日僑胞が豊かに見えたのはうわべだけで、心の世界は過酷でした。それが日本に来てよく分かりました。韓国の方が貧しいけれども幸せだと思ったものです」

金栄煥は頷いた。そうかも知れないと思う。彼女は続ける。

「でも、あのまま光州に残っていたら、私も光州事件で死んでいたかも知れません」

「ああ、そうですね」

と金栄煥は彼女の顔を見た。心静かな顔をしていた。彼女は続ける。

「人の生き死にや、幸不幸は、どこにあるか分かりませんね」

金栄煥は頷く。自分もパチンコを選ばなかったら土方をしているか、スナックのマスターをしているか、そんなものだろうと思う。運がよかっただけだ、と感じた。

「お風呂はどうされますか」

と彼女は聞いた。一緒に入る光景が閃いた。しかしそんなはずはないと思う。韓国の女性だから、男が先に入らなければならないと考えているのだろうと悟った。心臓は早鐘を打っていた。しかし彼は平静を装っていう。

「社長が先に入って下さい。自分はもう少しフィーバーについて考えますんで」

「そうですか。それではお先に入らせて頂きます」

と彼女は腰を上げる。

彼は意識して今日見学したパチンコ店の光景を思い出す。そして妄想を振り払う。今だけを生きろ。過去を思うな。未来にも期待するな、と自分にいい聞かせる。彼女を抱いたところで、そんなことであの人は、俺と一緒になろうと思う人ではない。あの人は再婚などしない人だ。

ああいかん、考えが元に戻っている、と意識した。問題はフィーバーだ。あの機械だ。彼は昼間の光景を思い出す。

パチンコが変わる、ということが直感的に分かった。爆発的に出る玉、驚喜している客。一見すると博打場だが、パチンコはパチンコだ。冷静に分析しなければならない。

フィーバーから玉が出るかどうかはドラム任せだった。どれだけ入賞してもドラムの「7」が揃わない限りは客が勝つことはない。ということは釘にコンピューターの確率が加味されているということだ。客は玉を弾いて当たるまで我慢できるか否か、それだけのことになる。

彼はホテルの便箋紙を使って計算を始めた。大当たりの確率は確か二百五十分の一だったとパンフレットの記載を思い返す。フィーバー機のチャッカーの出玉は、今日のパチンコ店では目算により十三と見たので、彼は十三個で計算を開始する。数字の世界に入ると雑念は消えた。

計算をしてみると、スタートが一分間に五回の時は一七五〇発を使って三千発を得ることができた。客は玉を四円で買い、二円五十銭で換金する。客が投入する一七五〇発は金額では七千円である。客が得る三千発は金額では七千五百円である。これだと僅かだが客の勝ちになる。

次いでスタートが一分間に四回の時で計算してみる。客は三千発を失って三千発を得る。金額では一万二千円を使って七千五百円を得ることになる。これだと店が勝つ。この時の粗利率を計算してみると三七・五パーセントだった。

更に彼は粗利が三十パーセントになるようなスタート回転数を逆算してみる。結果は四・二二回になった。こうなるように釘調節をすれば粗利を三割にできるはずだと思った。

計算した数枚の紙を睨み、これは、と金栄煥は腕を組む。今までとは全然発想の違う機械だ、と思った。店が勝つか客が勝つかを今までは殆ど釘師が握っていたがこれからはコンピューターに任せなければならない時代になるわけだ、と思った。釘はコンピューターの確率を裏で支える黒子になる。

朴社長が風呂から出て来てベッドに入った。濡れた髪を見て、喉の渇きを覚える。しかしベッドの中央には毛布で作った山脈がある。越えてはならない山であった。

金栄煥も風呂に入った。早くも己のものは立ち気味である。彼は湯船の中でぎゅっとそいつを握りしめて計算を続ける。あの機械を三十台入れるとして三百万ぐらいの金がかかる。しかし爆発的な集客力を持つ機械だ。入れなければならないだろう。一日台当たり三万円売るとして二割の粗利で六千円。三十台で十八万円。一月で五百四十万円。金栄煥は驚いた。五百四十万だと！　もう一度頭の中で計算してみる。間違いない。一ヶ月で五百四十万だ。粗利三割だと、月に八百十万！　これは凄い。計算に気を取られ、既に性器は小さくなっていた。

風呂から出て彼はソファに座った。疲れを感じたがベッドには朴苑順が横たわっている。共に寝れば間違いを犯しそうだった。そうなった時、彼女を自分のものにできるのならば、それでも構わなかった。しかし彼女はいつも心に一線を画しているようなところがあった。彼女が自分を好きだとしてもそれは仕事上のことであり、男と女としてではないと分かっていた。

抱いて、彼女を自分のものにしたかった。しかし現実は抱いても自分のものにはできないだろうと予測がついた。欲しいのは肉体だけではない。むしろ心の方だった。心が得られないと分かっていて、それでも抱くのだろうか？　瞬間的にそんな考えが吹き出てきて、寝られそうにない。彼はウィスキーで水割りを作って飲みながら、無理に自分を数字の世界に持っていく。

あの火を噴くような玉の出方からすれば、今ある店の玉では玉が足りない。今までは台当たり千五百玉が常識だった。しかしあの玉の出方では、倍以上はいる。安心するためには三倍の玉を用意しなければならないだろう。戻ったら機械屋にフィーバーの注文を出し、設備屋に玉の注文を出さなければならない。

酔いを意識した。彼は毛布の山脈のこちら側に入った。朴社長の存在を意識したが、意識していると思う間に寝入ってしまった。

嵐の中を彼は歩いていた。冷たい雨が吹きつける暗く寒い山道を歩く。遠くに明かりが見えた。近づくと朝鮮人部落のような粗末なバラック建ての家が一軒あった。風の音が激しく、雨は横殴りになる。声をかけても風にかき消される。ドンドンと戸を叩いた。中から白い服を着た雪女のような女が現れた。取り殺されるかも知れないとぞっとする。

「どなた？」

「あの、一晩泊めて頂けないでしょうか？」

女の顔が横井春江になる。二十年前の御宿での絡み合いが甦る。

「入ると出られないわよ」

女の顔は般若となる。そんなことで引き下がれるか、と彼は無理に敷居を越えた。鬼の顔をした女は戸を後ろ手に閉めた。

「もう出られない」

ここでこのまま死ぬのだと思った。しかし、どこで死のうと同じ事だと思う。死ななければならぬならば死ぬまでだと般若の女の胸に手を入れた。暖かく豊かな胸をまさぐる。般若の表情が徐々に緩んでくる。角が縮み、頬骨が引っ込む。下腹の茂みに指を滑り込ませた。茂みの奥の突起を軽く、優しく指先で撫でる。

「ああ」

と暗闇の遠くから女の吐息が漏れる。自分が触っている女からではなかった。おかしいなと思いながらも、右手で茂みをまさぐり続ける。

「ああ」

今度は般若の女が声を上げた。そう。素直になればいい、と彼は潤沢に濡れている女の局所に自分の物を背後から押し込んだ。

「あっ」

と朴社長の声がする。金栄煥は我に返った。彼は彼女を抱き、自分の物を押し入れていた。

「いかん」

と声が出る。それではっきりと目が覚める。彼は彼女を横から抱いていた。直ぐに腰を引いた。と、その時彼女が右手を彼の腰に当てた。

「いいの」

と彼女はいった。しかし、と彼は迷う。

「今日だけだから」

と彼女はつけ加えた。それで彼は覚悟を決めた。背後から彼女の胸を抱きしめ、もう一度入れる。それから腰をゆっくりと動かし始めた。

「アイグ（ああ）」

押し殺した彼女の声が漏れた。彼は自分の体を起こし、上から入れて彼女の唇を吸い続けた。彼女も舌を入れてきた。豊かな胸をまさぐり、乳首を舌先で転がす。彼女は声を出さないように必死に耐えていた。やがて彼女の体を起こすと、入れたまま乳房を唇と舌先で愛撫し続けた。暫くすると、彼女が腰を動かし始めた。息が荒くなる。彼女は彼の首を抱え、自分の体をのけぞらせる。

「あっ、あああ」

と太もものこわばりが彼にも伝わる。その時、彼も弾けた。二人は全身の力が抜け、ベッドに崩れた。金栄煥は、今までで一番気持ちが良かった、と思った。彼女は彼の胸に顔を押し当てた。彼女は何もいわなかった。しかし彼女の気持ちは分かった。愛したくても愛せないのだ。古い考えの故に嫁ぎ先から出られないのだった。彼は彼女の唇を吸った。それから「好きだ」といった。彼女は人差し指で彼の唇を押さえた。それでも彼が口を開こうとすると、彼女は自分の唇で彼の口を塞いだ。そして舌を入れて優しく絡めてくる。彼のものが再び固くなってきた。彼はもう一度抱いた。今度もまた、今までにない快感を感じた。二人は同時に果て、抱き合ったまま眠り込んだ。

目が覚めると彼女はいなかった。昨日のあれは夢だったのか？　と訝しく思う。しかし自分の物には湿り気が残っている。やはり現実の世界で彼女と激しく燃えたのだ、と思う。起きあがり、シャワーを浴びた。バスルームを出ると、彼女がソファに座って雑誌をめくっていた。もう出掛ける準備ができている。

「おはようございます。よく休めました？」

と彼女は何事もなかったかのようにいった。昨晩暗闇の中で、

「今日だけだから」

といった彼女の声を思い出した。全身を包み込む優しい声だった。そうか。あの時だけだったのだ、と彼も心を切り替える。

「はい。おはようございます」

「切符を買っておきました」

と彼女はいう。そして、

「時間が余りないので、駅弁を買って食べましょう」

とつけ加えた。ふと御宿への旅を思い出した。しかし昨日の方が遥かによかったと彼は思う。そして、自分の女はこの人しかいない、と確信した。

17

金栄煥《キムヨンファン》は兄に自分の命が長くないことを告げて、家に向かった。タクシーの中で、彼は昔を思い出す。

二人の子供を抱え、必死で店を守ろうとしている彼女に彼は「一緒になろう」といえなかった。彼女は自分の嫁ぎ先を死に場所と考えていた。嫁いだからには嫁いだ家で死ななければならないと思っていた。だから「一緒になろう」といったところで断られると思った。そういう状況だから「今日だけ」だったのだ。彼女は残りの人生を子供たちのためだけに生きることに決めていた。だから「今日だけ」だったのだ、と思う。自分と一緒になりたくても、それは夢の中でしか許されないことだったのだ。

朴苑順は別れる時にそれまでに得た店の利益で金栄煥の借金を返した。フィーバーで急激に利益が出たお陰で、一度に多額の返済をしても資金繰りに不安はなくなっていた。借金が無くなれば二人の縁もこれまでなのだと思いながら金栄煥は受け取った。そしてそのことは朴苑順も同じようだった。雰囲気から彼女も断腸の思いで返済をし、縁を切ろうとしていると感じられた。朴苑順はいう。

「もう会えないかも知れませんね」

結婚しようといいたかった。しかし彼はその言葉を口に出さなかった。彼女は言い直した。

「いえ、もう会わない方がいいのかも知れません」

その時の彼はその言葉の本当の意味を知らなかった。


一週間で金栄煥は甥の明洙《ミョンス》に社長を引き継いだ。病院から数日分の痛み止めを貰った日に、彼は島野芳美にいった。

「俺、明日からちょっと旅に出るよ」

と彼はいった。

「そうですか。珍しいですね」

「うむ」

「昔を思い出しての旅ですか」

「うむ」

察しのいい女だ、と思った。それで彼は自分は癌で、余命幾ばくもない、と告げた。彼女はいきなり泣き出した。

「そんな、まだ若いじゃないですか?」

「若いかどうかと寿命は別だよ」

と彼は冷静に受けた。

「一人の医者だけじゃ駄目ですよ。他の医者にも確認しないと。慶應病院に知っている医者がいます。そこに行きましょう」

「いやいや、いいんだ。死ぬと決まった以上じたばたしたくないよ。人はいずれ死ぬものだし。自分の番が回ってきただけの話だ。俺は、今まで自分なりに誠実に生きてきたつもりだ。この程度しかできなかったか、という思いもあるが、まあ、それが俺の実力だったというわけだ。ゲームセットだ。ここまでだよ」

「そんなあ、どうしてそんなに他人事みたいにいうんですか？　もう少しじたばたして下さい。この世にしがみついて下さいよ」

「いやあ、いいんだって。寿命が尽きるんだ。ここまでだよ。ゲームセットだといわれているのに、しがみついていたくないよ」

彼女は目を真っ赤にして、泣きながら、もっと生きてよ、と彼をせき立てた。そんな彼女を見て、俺にも泣いてくれる人がいるんだな、と彼はほっとしていた。

18

長岡の見学から戻ると、彼は直ぐに機械メーカーに注文を出した。しかし現金を先払いしてもパチンコ台は順番待ちという状態だった。「あさひ」のように導入台数が少ないと、順番は後回しになる。大手ではプレミアムをつけてでもよそより早く導入しようとする店が多かった。零細店はこんな時は圧倒的に不利であった。

兄から電話があった。

「パチンコ屋を始めるぞ」

という。兄も長岡に行って、フィーバーの威力を見学していた。兄はいう。

「今のパチンコ屋には銭が落ちてる。拾わない奴は馬鹿だ。直ぐに戻れ」

彼はあと数ヶ月待つように頼んだ。取りあえず土地の選択をし、パチンコ屋を建てておくように告げた。場所を決めたら一度見に行く約束をした。営業は全的に自分がやるしかないと腹をくくった。兄は財務、自分は営業という役割分担だと思った。

張社長の「パラダイス」がフィーバーを入れた。他の店でも一軒入れた。「あさひ」の客はみるみる減っていった。数日で金栄煥が来る前の閑古鳥が鳴く状態に戻ってしまった。

雪の積もった駐車場を見ながら金栄煥は考えた。フィーバーが買えないのなら、フィーバーのような物を作り出すしかないではないか、と。

権利物の中に、天下《てんした》の当たりに入れば台の真ん中にある大きなチューリップが開いて玉が出続けるという台があった。一度の出玉は四千発だった天下《てんした》の穴は宇田浩がかつていかさまをした三つ穴クルーンと呼ばれる、確率三分の一で当たりを決める、役ものだった。三つの穴のうちのどれか一つに入れば当たりとなるという仕掛けだ。これを必ず当たりの穴に入れることができるなら、つまり入った瞬間に当たりにできるなら、フィーバーと同じではないか、と思った。

むかし宇田浩が使った手を使えばいいのだということは直ぐに分かった。瞬間接着剤でハズレに入らないようにしてしまえば玉が入れば必ず当たりになる。天の釘をゼロゼロにして、ぶっ込みだけをゼロ三にすれば、三千発打って一つ入るかどうかだ。ぶっ込みというのは天の下にある、左から飛び込む隙間をいった。入れば客は一万円獲得する。二千五百発までに打ち込めれば客の勝ちである。確率的にはフィーバーと同じだ。

宇田の奴は店が勝つために瞬間接着剤を使った。しかし自分は客を勝たせるために瞬間接着剤を使う。そう自分にいい聞かせても、いかさまであることには変わりがなかった。単なる権利物をフィーバー機に生まれ変わらせようという不法改造であることは明らかだった。警察に見つかれば最悪の場合は営業許可の取り消しだ。しかし、他に方法があるか？　これ以外に生きていく道はあるか？　彼は自分の信念に反することをやるべきかどうか悩んだ。

夜、台の中の一台に細工をした。外れの溝の中に、接着剤で幾つか山を作った。これで玉は当たりの溝にしか入らなくなった。客からは先ず分からない。それから試し打ちをしてみる。

天の釘は十一ミリでは希に飛び込む玉がある。仕方なく十一ミリより狭くして、ぶっ込みだけから入るようにする。入ると、必ず当たる。中央の大きなチューリップが開きっぱなしで、四千発出るまで玉は火を噴いたように出続ける。凄い。ぶっ込みに正確に狙い撃ちできる腕のあるものなら勝てる。そうでない者は負ける。自分で仕組んで打っていても興奮する。

天以外の釘はバラ釘にした。普通のチューリップや落としに入ったのでは客の手持ち玉が増える。だからぶっ込み以外は玉が入らないようにした。

翌日、三十台あった権利物の内の、十五台を玉が入れば勝つ台にした。残りの十五台には故障中の紙を貼って使えないようにした。客を呼ぶために、細工をした十五台の、小さな四つのチューリップは最初から開放しておいた。客の何人かはチューリップが開いているので、引き込まれるようにその台に座った。そして打つ。客を呼ばなければならないから初日の天の釘はゼロ二にした。これならオーソドックスな打ち方をするものでも当たりを引ける。三十分経たない内に客が当たりを引いた。四千発の玉が止まらずに出続ける。客は驚喜した。

噂となり、三日後には十五台が客で埋まった。一度入ると玉が出続ける。従業員はバケツを持って客の台に走った。中の客が「グワッ」と悲鳴を上げた。

「店長、電気が流れてるぞ！　漏電だ！」

そんなはずはないと台回りを確認しようとして台からこぼれんばかりの玉に近づくと、バチン！　と緑と青の小さな稲妻が飛んだ。大変な衝撃だった。静電気だ、と直感した。玉同士がこすれて静電気が起きているのだ。そうしている間にも、当たりになった台から「うわっ」とか「ぎゃっ」という声が上がる。金栄煥は事務所に飛んで部品箱を開けてビニールの電線を持った。そして銅線をむき出しにして台の玉の間に入れ、それを台の手前の金属板にセロテープでくっつけた。緊急のアースだった。これで静電気による感電は収まった。

五日目、残りの十五台も玉が入れば当たる台にした。七日目には、客が多くて台の奪い合いになった。彼は籤を作った。十日も経つ頃には三十人ぐらいが並ぶようになった。この日から彼は天の釘を十一ミリより狭くして天の上からは入らないようにし、ぶっこみからだけ入るようにした。これからが回収である。今までの玉出しはエサだったのだ。

天の釘を狙う客の中に、たまに釘の上で玉が止まる台があった。客は釘の上の玉を示し、

「店長、これは入ってるぞ。入ってる」

金栄煥は頷く。

「よし、これは当たり。セーフ」

そして台のガラスを開けて玉を当たりの穴に入れる。客は喜々として玉を弾いて四千発を得る。何度かそういうことを繰り返している内に、釘の上に玉が止まった場合は、客に玉を打たせるのは時間の無駄だと思った。それで以後は釘に玉が止まった客には、メモ用紙にパチンコの台番をメモし「大当たり」と書いて自分の名前をサインした。それでカウンターでは特殊景品を出すようにした。

初めのころ釘に玉が止まった客が聞いた。

「打たなくていいのかい？」

彼は手早くメモを作る。

「打っても同じだ。これで交換して。一万円、大当たり」

次の客が待っているのだ。彼は時間を節約したかった。

「うおー」

と客は一万円といわれたメモを持って、吠える。彼はマイクに走り、

「はい、七十五番台、大当たりです。台をお待ちのお客様お待たせしました。続けて、七十五番台、連続開放です。七十五番台、大当たりの連続開放です。いらっしゃいませ、いらっしゃいませ」

客が当たりを引いた時は、音楽を軍艦マーチに変える。そして彼は店の雰囲気を盛り上げるために今日、今までに当たりを引いている台を客に知らせる。カウンターの内側には台番号を書いた紙をボール紙に貼り付けて置いた。当たった台番号の隣に、頭に赤い色が付いている待ち針を刺した。複数回当たった台には、当たった数だけの赤い待ち針を刺した。そうやってその時々の動向をリアルタイムで分かるようにした。

「本日の大当たりは、二十番台、二十七番台、三十二番台、四十五番台、四十七番台、七十一番台、七十五番台です」

そして景気づけのために同じ内容を連呼する。

「二十番台、二十七番台、三十二番台、四十五番台、四十七番台、七十一番台、七十五番台。大当たり本日も炸裂しております。いらっしゃいませ、いらっしゃいませ。二十番台、二十七番台、三十二番台、四十五番台、四十七番台、七十一番台、七十五番台。総ての当たり台は、お待ちのお客様に連続して開放しております」

そこに新しい当たりが出る。島のランプが激しく明滅する。彼は叫ぶ。

「またまた当たりです。またも大当たりです。八十番台、大当たり炸裂です」

軍艦マーチに合わせて客を煽りもり立てる。一日が終われば喉はからからである。

売上は一挙に百万円近く増えた。朴苑順《パクウォンスン》は必死で売上を数える。しかし売上の集計に通常の三倍近い時間がかかるようになり、朴苑順は寝る時間を確保するのがやっとの状態だった。

一月末になって金栄煥は権利ものを六十台増やした。このまま儲けられると予測したのだ。そしてフィーバの注文を一挙に五十台に引き上げた。店は百五十台の店だった。地方の小さな店だった。しかし金栄煥には、この形で儲ける。儲けてみせる、という意志が固まっていた。それで普通ならば導入する、その頃出始めたばかりで後に名機といわれるようになる「ゼロタイガー」は見送った。二月の中旬になってやっと最初のフィーバー機が三十台入ってきた。

フィーバー機を入れて分かったことだが、この台は個別の台で出玉の設定ができなかった。それで金栄煥はホールコンピューターで一つの島単位で出玉の調節をした。通常は二千五百玉だったが、彼は三千玉に設定した。釘は粗利が三割になるように調節した。

フィーバーを入れた他の店は欲につられて五割も抜くようになっていた。金栄煥の価値観では、五割抜くのは博打だった。パチンコは博打ではない。三割でも取りすぎぐらいだ。資金力があれば、もっと粗利率は低くても良い、と彼は思っていた。

五割と三割では玉の出方が違う。客は「あさひ」に押し寄せるようになった。

売上は三百五十万円近くになっていた。それまでは五十万円程度だったから、驚異的な伸びだった。二月の終わりには更にフィーバー機が五十台入った。権利もので店に入りきらないものは外した。これで態勢は整った。事務所にはお札が溢れるようになった。売上は五百万円程度にまでなっていた。実に二ヶ月前の十倍の水準であった。

金栄煥がある夜、釘の調節を終えて事務所に戻ってみると、幾つものお札が詰まったダンボール箱に囲まれた朴苑順が、必死でお札を数えていた。目の下に隈を作った彼女はいった。

「金さん、どうしましょう。売上が幾らか分かりません」

仮に売上が総て五百円札であったとすると、お札を一秒間に二枚数えたとしても五百万円を数えるのにおよそ一時間半かかる。全く休まずに数えてもそれだけかかるのである。現実には一万円札、千円札、それにまだ少し流通していた百円札と、種類の違うお札を種類毎に仕訳してから数えなければならなかった。その他に大量の硬貨もあった。とても人間の手で対応できる状況ではなかった。

「売上なんかいいじゃないですか。休まないと体を壊してしまいますよ。銀行に持っていけば銀行が数えてくれるでしょう」

「だけど、預けるにしても幾らなのか分かりません」

何と馬鹿正直なんだろうと思う。多くの韓国人はもっとおおざっぱでいい加減である。しかし彼女は日本人以上に几帳面なところがあった。金栄煥はいった。

「銀行で数えて貰って、その金額を売上ということにすればいいじゃないですか」

そういって彼は気がついた。

「そうだ。銀行にある金銭計数機を買えばいいんですよ。あれで数えれば、あっという間です」

直ぐに金銭計数機を発注した。お札が詰まったダンボール箱は、計数機が届くまで毎日、倉庫にいくつも積み増されていった。

店は連日お祭り騒ぎであった。金栄煥は客をマイクで煽り続けるために、喉が痛かった。しかし彼はだみ声で煽り続けた。愛する人との別れの日が近づいていた。その日までに少しでも稼いでおきたかった。

朴社長が、

「これを食べて下さい」

と大根のようなお浸しを作ってくれた。こりこりと歯触りがよかった。

「これ、子供の頃食べたことがある」

と、彼は母親の顔を思い出す。

「何でしたっけこれ」

「トラジです」

「トラジ？」

そして彼はトーラージ、トーラジ、白《ペク》トーラジ、と歌い出す。

「あのトラジですか？　桔梗の花」

「そうです」

朴社長は嬉しそうに笑った。

「喉や咳に良いんです」

「花も綺麗ですよね」

「はい。白い色、紫の色。綺麗な花をつけます」

ふむ、と金栄煥はトラジを食べる。

「金さんはどんな花が好きですか？」

そんなことは考えたこともないことだった。

「花はどの花もいいと思います。社長はどんな花が好きですか？」

少し考えて彼女はいった。

「チンダルレが好きです」

「チンダルレ？」

小さい頃聞いたことがあるような名前だったが、どんな花だったか思い出せない。

「どんな花ですか？」

彼女は考える。

「辞書を見ると朝鮮ツツジと書いてあるのですが、日本では見たことがありません。春になると一番最初に咲く花です」

少し間をおいて彼女はいう。

「光州では三月の終わりごろから四月の初めごろに咲きます。山の上には雪が残っていて、木も山も灰色の中に、ある日薄い紅色の花がまるでそこだけ明かりがともったかのように、ぽっと咲くのです」

ふむ、と金栄煥は頷く。自分も光州でチンダルレを見ているような気分になる。

「チンダルレは花が咲いてから葉が出ます。日本のツツジとは逆です。モンニョンもケナリも花が咲いたあとで葉が出てきます。寒くて厳しい冬の終わりに、花だけが咲きます」

「そうですか。自分もいつかチンダルレを見てみたいです」

「是非一度韓国に行ってみて下さい。枯れた山に咲くチンダルレは綺麗ですよ」

彼は韓国に二度行ったことがあった。一度は母に連れられて兄夫婦と一緒に父と母の故郷に行った。それは七十年代の初め頃のことで、韓国はまだ貧しかった。父の田舎には、電気も水道もなかった。多くの親戚を紹介されたが、誰が誰だか分からなかった。それにその内の何人かは兄や彼に金や物をせびった。日本の価値観ではあり得ないことだった。彼は韓国文化に嫌悪を感じ、親類と親戚付き合いをしたくないと思った。母はその後も度々故郷に出掛けたが、金栄煥は行かなかった。

あと一回は八代正一に誘われて行った。その時は、単に妓生パーティーをしただけである。それは同胞が日本人の振りをして、日本の紙幣で韓国女性の肉体を買う旅だった。以来韓国には行ってない。今度行く時には真面目な旅にしようと思う。

三月も終わる頃、兄のパチンコ店はほぼ完成していた。金栄煥は「パラダイス」の張社長と専務に別れを告げ、それから朴苑順にも別れを告げた。「あさひ」主催の夕食の送別会のあとで、彼は寝台列車に乗った。従業員は店に戻り、朴苑順だけが駅まで見送った。

朴苑順は涙を見せるでなく、普通に振る舞っていた。気丈なのか、自分のことを何とも思ってないのかといぶかった。

夜の駅のホームは冷えた。彼女は、光州ではチンダルレが咲いている頃だと季節の話をしたあとで、ふと呟いた。

「チンダルレ　パラボドッ　サモヘソッソヨ」

そういわないではいられなかったのだろう。〈チンダルレを遠くから見るように、お慕いしていました〉

「え？」

と彼は驚いて彼女を見る。何か重要なことをいったに違いないと直感したが、うまく聞き取れなかった。彼女は日本語で、

「何でもありません」

と微笑んだ。彼は思いきって、

「結婚しよう」

といった。彼女は彼を見る。そしていう。

「無理です。私は清水の家の嫁です」

清水というのは、彼女の嫁ぎ先が使っていた通名である。

「聖《さとし》も東珍《トンジン》も俺の子として育てます。結婚しましょう。してくれるなら、あとで迎えに来ます」

彼女の目から涙が溢れる。

「だめです。私は一度嫁いだ人間です。ここより他に私の家はありません」

「旦那は死んでるじゃないか。義理立てしなくてもいいだろう！」

寝台列車は動き始めた。彼は彼女の儒教思想を呪った。しかし壊そうとは思わなかった。汽車が動く。彼女は走った。しかし直ぐに立ち止まった。頬を涙が伝わっていた。もうこれで、二度と会うことはないだろうと、彼もデッキに座り込んだまま頭を抱えて泣いた。

それ以来、あの時彼女は韓国語で何といったのだろうと気になっていた。

19

二十年ぶりのパチンコ店「あさひ」のはずだった。しかし「あさひ」があったはずの場所はコンビニになっていた。背後にそびえる美しい山の形には見覚えがあった。風景に変化はなかった。彼はコンビニのアルバイトと思われる若い男の店員に聞いた。

「このお店の経営者の方かどなたか、昔からの人はいませんか？」

店員は、

「ちょっと待って下さい」

といいながら、金栄煥《キムヨンファン》を品定めするような目で見ながら奥に消えた。少しして奥から自分と同年配と思われるコンビニの制服を着た男がやってきた。

「はい？」

と男は訝しげに彼を見る。

「どうもすみません。一つお尋ねいたします。久しぶりにこの町に来た者なんですが、ここは、以前はパチンコ屋さんではなかったかと思うんですが？」

「ええと」

と男は考える。

「私はガソリンスタンドが潰れたあとにコンビニのフランチャイズでこちらに来ましたから

ね。私の前はガソリンスタンドで、その前のことになるとちょっと分かりません」

横から作業服姿の老人が口を挟んだ。

「その前はパチンコ屋だったよ。あさひという名前の店だった。俺も相当使ったもんだよ」

「おじさん、すみません。ちょっと詳しく話を聞かせて下さい」

と彼はその老人を店の外に連れ出す。そして駐車場の日陰で話を聞いた。

腕の良い店長がきて、あさひは流行る店になった。その店長は一年ぐらいでいなくなったが、いなくなってからも経営は順調だった。しかし長男が高校生の頃からぐれだして、二十歳の頃には一端のワルで、パチンコ屋は博打の借金を払うために人手に渡った。そのあとは業績は振るわず、いつの頃からかガソリンスタンドになっていた。

「今、女社長はどこに住んでいるか知りませんか？」

「さあ、下の娘さんとどこかよその町に移り住んだようだのう」

娘？　子供は長男の「さとし」と呼ばれていた聖珍《ソンジン》と、次男の東珍《トンジン》の二人だけだったはずだと思う。女の子なんていなかった。

「女の子がいるんですか？　三人兄弟ですか？」

「うむ。一番下は娘じゃったよ」

と老人はいう。それから、

「これは噂じゃが」

と話し出す。

「あの女社長はむごい運のおなごで、子供の父親がみんな違うという噂じゃった。人は大人しゅうてええ人じゃったんじゃが、運勢ちゅうもんはどうにもならんもんじゃ」

金栄煥は老人にお礼をいって別れた。女の子がいる。自分が出てから女の子が生まれた。あの人は、と一夜ちぎった長岡のホテルでの光景を思い出す。誰とでも寝るような女ではない。舅には怖らく手込めにされたのだろう。張社長もそういっていた。自分の意志では誰とでも寝るような人ではない。

俺の娘ではないか？　と思った。嬉しいような恐いような、とんでもないことをしてしまったような気になる。はやる気持ちを抑えきれない。張社長に会おう。年賀状と暑中見舞いは毎年やり取りしている。まだ元気でいるはずだった。彼は「パラダイス」の本社に向かった。

本社のビルは変わっていなかった。彼は受付で若い女性に社長に会いたい旨を伝えた。

「金さん、久しぶり」

と自分がいた時は専務だった張鋼顕《チャンガンヒョン》が社長室から出てくる。可成り太っていた。彼は、

「なつかしいですね。元気でしたか」

と握手を求めてきた。それから社長室に金栄煥を招じ入れる。まずは先代社長の張英義《チャンヨンウィ》の健康状態を尋ねた。現在八十五歳で、健在なものの、最近はボケが入ってきたということだった。

「時々フィーバーの時代にタイムスリップして、金さんのことを話しますよ」

「そうですか。それはどうも」

　金栄煥は、あとで張英義の自宅を訪ねることにして、住所が前と同じか確認した。しかし張英義は老人を介護する施設に入っているということだった。周りは日本人ばかりだろうにと思いながら、彼は「あさひ」のその後を尋ねた。

　女の子が生まれたというのは事実だった。

「堕ろすという選択肢もあっただろうに、女社長は生んじゃいましたね。金さんが東京に戻った同じ年のことでしたよ。確か」

　張鋼顕はそういって金栄煥を見てから続ける。

「一時は金さんの子供じゃないかという者もいましたが、まあ、単なる噂でした」

「上の子がぐれて借金を作ったと聞きましたが？」

「ええ。色々と周りがいうものだから、そういうのが子供の耳にも入って、子供がおかしくなってしまいました」

「色々というといいますと？」

「ああ。三人の子の父親がみんな違うということですよ。いわなくてもいいことを従業員が話していると、子供の耳にも入りますしね。今と違って当時はパチンコ店の従業員といえばカスみたいな人間ばかりでしたから」

　ううむ、と金栄煥は腕を組む。張鋼顕は続ける。

「ただでさえ女がパチンコをやっていくというのは大変なのに、その上に複雑な家庭環境でしょう。上の子はあちこちに借金を作って、結局女社長は十年ぐらい前だったか、その借金を払うために店を手放してしまいました」

「今はどうなっているんでしょうか？」

「引っ越したという話ですよ」

と張鋼顕はその地方の中核都市の名前をいった。

「ビルの便所掃除をしているとか聞いたことがあります」

「え!?」

と金栄煥は衝撃を覚える。どうして俺を訪ねてこないんだ、と口惜しくなる。

「長男は九州の方でヤクザになって、次男は東京でスナックをしているとか」

金栄煥はおそるおそる尋ねた。

「そのう、生まれた女の子は？」

「さあ。詳しくは知りませんが、母親と一緒に住んで居るんじゃないですか？　小さな頃から親孝行な娘で、長男が問題を起こすたびに母親をかばっていたという噂でしたから」

彼は力が抜けるのを覚えた。俺のところに来ていれば何の問題もなかったのに、と思う。彼は聞いた。

「朴《パク》社長の住所を御存じないですか？」

「いや、知りません」

続けて彼は聞く。

「どなたか、知っている人を知りませんか？」

「そうねえ」

と張鋼顕は考える。

「私はよく分からないですね」

「そうですか」

と金栄煥は「パラダイス」を辞した。そして歩きながら自分がいた当時の店のことを思い返していく。ふと木島のことを思い出した。長いこと賄いをしてくれていた人だ。彼女なら知っているだろう、と思う。確かあの近くに住んでいたはずだ、と考えた。

金栄煥はそれから以前の社長の張英義が入った介護施設を訪ねた。やはり周りは日本人ばかりだった。日本語が下手な社長には地獄のような所だろうと思った。しかしぼけている社長を世話しなければならない家族の立場で考えれば、厄介払いしたくなるのも分かる。人は、あまり長く生きるものではない、と思う。張社長は金栄煥を覚えていた。そして彼が従業員だった頃の話をした。彼は完全に二十数年前に生きていた。今の話をしてもまるで反応がなかった。一時間ほどで彼は辞去し、その日は駅前のホテルに泊まることにした。

夕方になりホテルを出た。昔「パラダイス」の木造の寮があったところは駐車場になっていた。周りの家も何軒か消えていた。それから「千代」に顔を出した。建物も暖簾も古くなっていた。三戸静子もおばさんになっていた。彼女は金栄煥を見て、

「金さんですよね」

といった。

「まあ、懐かしい。今までどこでどうされてたんですか？」

彼は東京でパチンコ屋をしていると告げた。彼は蕎麦を頼み、お茶を飲んだ。

息子の慎司は東京の大学を出て大手の電機メーカーに勤めていたが、今は子会社に出向しているということだった。彼女は他の客に接する合間に彼の所に来ては、昔の話をした。

次の日、再び「あさひ」の近くに行き、木島を訪ねあてた。

「金さん」

と木島は割烹着姿で玄関に現れ、そのまま崩れるように上がりかまちに坐って話し出す。もうお婆さんである。

「あなたがいなくなってから、『あさひ』は不幸の連続でした。まるで座敷童が金さんと一緒に出て行ってしまったみたいで」

「朴社長はいまどちらにいるか御存知ないですか？」

「まあまあ、上がって下さい」

と木島は応接間に通して暑中見舞いの葉書を持ってくる。

「先月届いたものだから、まだここにいると思いますよ」

金栄煥は住所を手帳にメモした。それから木島は朴苑順《パクウォンスン》が勤めている会社の住所や電話番号も教えてくれた。木島は金栄煥が書き終えるのを待つ。そして彼が去ったあとの二十年間について話し出す。

「金さんがいなくなった年の秋に女の子が生まれたんですよ。可愛い子でね、美奈という名前です」

「美奈ですか」

初めて女の子の名前が分かった。美奈。自分の娘かも知れない子供だ。

「朴社長は父親が誰かいってましたか」

木島は体を反らすようにして手を振る。

「金さん。社長はそんなことをいうような人じゃありませんよ」

それはそうだ、と思い直し、

「そうですね」

と頷いた。

「まあそれからが大変です。流れ者の従業員がいわなくてもいいことを『さとし』ちゃんや『とんじん』ちゃんにいうものだから。『さとし』ちゃんはそれでぐれちゃって。社長は『さとし』ちゃんに、『みんな父親が違うようなことをしやがって』といわれてもじっと耐えていました。

私が『そんなことをいうもんじゃない。親に向かって何ですか』といっても聞きませんしね。挙げ句は『韓国人なんかに生みやがって』といって社長を殴る蹴るといった始末で」

金栄煥は目を閉じる。さとしは、日本に心を壊されてしまったのか、と暗澹たる思いになる。日本に差別されても自分がしっかりしていれば耐えられるが、自分で自分を差別するようになったら、出口はない。自分というチョウセンジンを殺さない限り、問題は解決しないのである。そうなると地獄であった。日本語は仇だと再確認する。

金栄煥は自分の息子に殴られている朴苑順を思う。しなくてもいい苦労をどうしてあの人は買ってまでするのだろうと思った。あのころ日本に帰化していれば、こんなことにはならなかっただろうにと心の片隅で思った。やがて彼は木島に聞いた。

「社長は今、ビルの清掃会社に勤めているんですか？」

「ええ。さっきの会社。あれが清掃会社です」

「仕事は便所掃除だとか聞きましたが」

「それもあるみたいですよ。県庁とか市役所、それに駅なんかの、公共の建物の掃除をしていると聞きました。班に分かれて交代でやっているから便所掃除の時もあるそうです」

「ああ、なるほど」

便所掃除だけをしているわけではないんだと、彼は安心した。少し救われたような気持ちになった。木島は続ける。

「社長は、母一人娘一人でけなげに頑張ってらっしゃいますよ。美奈ちゃんは看護婦を目指していて、今は看護学校の学生さんです。戻さなくてもいい奨学金を貰って勉強しているとか。本当に頑張ってますよ」

「そうですか。社長らしいですね」

と、金栄煥は思わず呟くようにいった。

「そうですよ」

と木島。

「普通なら十人も人を使っていた人が、他人の清掃会社に雇われるなんて考えられないことですけれど、あの社長は違います。その時々に最善を尽くす人です」

「そうですね」

と金栄煥は頷く。木島にそう評価してもらえたことが、彼は嬉しかった。

「さとしちゃんも、とんじんちゃんもどうして母親のあの立派な姿を見ないでつまらないうわさ話に耳を傾けたのか不思議です。それだけが残念です。それがなければ今頃は悠々自適の奥様だったのに」

木島はエプロンの端で眼鏡の奥の目を拭った。彼女はそれから冗談めかしていう。

「だからね。金さんがあの家の座敷童を連れて出ちゃったんですよ」

「そうですか。それじゃあ、その座敷童を木島さんのところに預けていきますよ。色々と助けて頂きましたから」

よっこらしょ、と彼は座敷童を自分の背中から堕ろす素振りをして、床の間においた。

「今度は木島さんの家が栄える番ですよ」

「まあまあ有り難うございます」

と木島は笑った。

20

金栄煥《キムヨンファン》は朴苑順《パクウォンスン》が住んでいると聞いた地方都市に向かった。電車で移動する途中、彼はどういうふうに会えばいいのかを考えていた。掃除をしている姿を自分に見られて気にするような人ではないが、金栄煥の方が気が咎めた。そこまで落としてしまった責任の一端が自分にもあるように思った。あのまま「あさひ」にいればこういう事にはならなかったと思う。子供が生まれれば結婚もしただろうし、さとしや東珍《トンジン》にも道を踏み外させるようなことはなかっただろう。

彼は自宅を直接訪ねることにした。町の中心部から少し外れた小さなモルタル作りのアパートが彼女の住所だった。みすぼらしい建物だった。金栄煥は自分が昔アパートに入居しようとして差別されたことを思い出した。朴苑順も同じような入居差別にあって、こんなみすぼらしいアパートにしか住めないのではないか、という思いがよぎった。もっとも破産同然で町を出たのだから、それほどいいアパートにも入れなかっただろう。

訪ねた時は、午後の日が陰り始めた頃で彼女はまだ帰ってなかった。彼は駅前のホテルにチェックインし、夜になるのを待った。右の脇腹が痛んだ。神経がつながってるのか、その影響で右の足も痛かった。踵が右の脇腹に連動して痛んだ。歩けないほどに痛むので痛み止めを飲む。三十分ほどで痛みは和らいだ。

夜の七時にタクシーに乗って彼女のアパートに向かった。明かりはまだ灯ってなかった。その建物は大通りから一つ入った道に面した建物だった。街灯もなく、辺りは暗かった。街灯のある大通りに戻ってみる。たまに車が通るぐらいの交通量で、会社や商店はどこもシャッターを下ろしていた。バブルが弾け、地方都市の中心部はどこも一様に寂れていた。百メートルほど先に喫茶店らしい明かりが見えた。そこで坐って待とうと、彼はゆっくりと歩く。

買い物籠に野菜を乗せた自転車とすれ違いかけた。ギギーと自転車はブレーキをかけて止まる。女性が自転車から降り立った。金栄煥はその女性を見る。忘れもしない。朴苑順がそこにいた。少し老けたぐらいで昔と変わらない。しかし自分の方は、頭は薄くなっているし、皮膚もしわくちゃだ。

「キム、さん？」

と彼女は確認するようにいった。懐かしい声だった。彼女の声で過去が一気に記憶の底から湧き立ってきた。長岡の夜。闇に浮かんだ白い肌。送別会後の駅での別れ。思い切って打ち明けたのに、彼女は泣きながら断ったこと。

「社長！」

と金栄煥は思わず叫んでいた。彼女は身じろぎもしないで彼を見つめていた。

「キムさん」

再び彼女はいった。彼女もまた過去を思い出しているようだった。しかしそれはほんの一瞬だった。彼女は気を取り直していう。

「もう、社長じゃありません」

彼女の、自分を優しく包み込む声には何の変わりもなかった。金栄煥は全身が震えるようだった。彼が、

「探しました」

というのと彼女が、

「どうしてここに？」

というのとが同時だった。朴苑順は微笑む。そして、

「狭いところですが、うちに来ませんか？」

といった。二人は並んで歩いてアパートに向かった。

「あ、電気がついてる」

と金栄煥はいった。

「よく分かりますね」

「昼間一度来ましたから」

「娘ですよ。先に帰ったんです」

金栄煥は緊張して切り出す。

「その娘というのは」

朴苑順はさらりと受けた。

「ええ。金《キム》さんの娘です。金《キム》さんと別れた時、私は三ヶ月でした」

彼は立ち止まる。

「どうして教えてくれなかったんですか？」

彼女も立ち止まった。

「今ならいえますが、あの当時はいえませんでした」

金栄煥は頷いた。彼女のいう通りだと思った。彼女はパチンコという家業に縛られていた。家を守ろうと彼女は身動きが取れない状態だった。アパートの一室に通された。美奈は驚いた顔をして出迎えた。素直そうな子供だった。自分と似ていると思った。

「金《キム》さんといってね。昔パチンコ屋をしていた時、色々と世話になった人なの。店長をして貰っていたの」

と彼女は娘に彼を紹介した。親子は他人として挨拶を交わした。二間切りの狭いアパートだった。台所に近い部屋のテーブルに腰を下ろした。明るいところで見ると朴苑順はさすがに皺が増え、老けていた。しかしがっかりはしなかった。懐かしさばかりがこみ上げてきた。

「顔色が悪いようですが」

と朴苑順。

「はい。ここのところ体調が思わしくありません」

そして彼は自分は癌で、余命幾ばくもないことを告げた。朴苑順は声を出さずに泣いた。そしていう。

「残酷ですね。やっと会えたと思ったら、別れなければならないんですね」

この人も泣いてくれるのか、と金栄煥は満たされたものを感じた。それに思いがけず娘がいたのだ。自分は一人ではない、と勇気づけられたようだった。

息は苦しかった。興奮すると、息苦しさを感じる。それに時々差し込む痛みもある。だが、朴苑順との時間は楽しかった。彼はあのあと東京でパチンコ屋を始めた話をした。今では五店舗を運営する会社の社長だった。彼は十時頃、疲れを感じたのでホテルに戻った。戻る時に、明日はホテルで会う約束をした。

その夜彼は二時間ほどまどろんだだけで目を覚ました。それからは眠れなかった。朴苑順と美奈を何とか助けなければならないと思った。しかし自分に残された時間は殆ど無かった。

朴苑順は朝の十時にホテルの彼の部屋にやってきた。美奈も一緒に来ていた。彼女は部屋に入るや、

「おとうさん」

と呼んだ。彼は全身に鳥肌が立つような衝撃を受けた。背中に冷や汗を感じた。とんでもない罪を犯したような気分になった。朴苑順がいう。

「昨日、あれから話して聞かせました」

金栄煥は口も利けず、そのまま頷いた。ただただ申し訳なかった。父親も知らずに幼い頃を過ごし、兄が「みんな父親が違う子を産みやがって」と母親を非難している姿を見て、美奈はどんな思いで生きてきただろうか？

彼は二人にベッド脇にあるソファを勧め、自分も腰を下ろす。そして娘を見てから頭を下げる。

「どうも面目ない。お前が生まれたことを今日まで何も知らないでいた」

美奈はいう。

「お母さんから聞きました。知らなくて当然です」

「そうか。すまん」

と彼は再び頭を下げる。美奈は続けた。

「だけどわたし、小さな頃はお父さんをひどい人だと思っていました」

どきりとして娘の顔を見る。恨まれて当然だと思うが、いざ面と向かってそういわれると、さすがに辛い。美奈は彼の顔を見ていう。

「お父さんは、私とお母さんを捨てて逃げた卑怯な人だと思っていました。だから私は、お母さんを苦しめてはいけないと思い、お父さんがどんな人だったかということを聞かないできました。話題にしないように努力してきました」

美奈の声は震え、涙声になる。子供の彼女が必死で逆境に耐えている姿が想像された。彼は今まで知らずに生きてきた自分を責めた。娘はどれだけ心細かったことだろうかと胸が痛んだ。

「だけど昨晩話を聞いて、お父さんは私達を捨てて、私達から去ったのではないと知りました」

そういいながら美奈がハンカチを貸してくれる。それで自分が涙を流していることに気がついた。ハンカチを受け取ろうとして、美奈を見ると美奈も涙を流していた。それでまた涙が溢れてきた。朴苑順も泣いていた。金栄煥は美奈のハンカチで涙を拭った。美奈は母親のハンカチで涙を拭った。朴苑順はティッシュで涙を拭いた。

気を静めてから金栄煥はいった。

「苦労をさせてしまった」

「いいえ。今はもう大丈夫です」

「看護婦になるんだよな」

「はい。今は看護師といいますけど。病院附属の看護学校で勉強しています。来年卒業したら、その病院で働きます」

「そうか。立派に育って、よかった。よかった」

「癌だと聞きましたけど。こちらで一緒に暮らしませんか?」

自分を気遣ってくれる言葉に、思わず娘の顔を見た。こんな自分を許してくれるのかと有難かった。そして、そうできればどれだけいいだろうと思う。

「ありがとう。しかし東京には親戚がいるし、なかなか難しいと思う」

「そうかあ。私が勤務する病院に入院すればいいと思ったんだけど」

自分を案じてくれる娘の気持ちがいじらしかった。そして何の役にも立てなかった男を父親として認めてくれたことに再び目頭が熱くなってきた。

「その気持ちだけで充分に有難いよ。医者がいうにはそれほど長くないらしいが、人生の最後でこんなに素晴らしいプレゼントを得ることができた。朴《パク》さんにも美奈にも礼をいうよ。ありがとう。本当にありがとう」

そして彼は朴苑順を見ていう。

「この子を生んでくれてありがとう。自分は安心して死ねます。今までは何もなくて自分が生きたという証が何もなくて、どこかで負けたような気がしていたけれど、自分にも子供がいたんだと、今は誇らしいですよ。あなたをおんぶして走り回りたいぐらいだ」

金栄煥はまた涙を流した。美奈が彼の手を握る。

「お父さん、そんなことといわないで。うちの病院に入院して下さい」

その日の夜の飛行機で彼は東京に戻った。家に着いて、彼は兄と兄の家族にありのままを告げた。兄は初め驚き次に喜んだ。そして最後に「欲をいうと男の子だったら良かったのだが」といった。

彼は翌日、会社の顧問弁護士を訪ねてどうすればいいかを相談した。弁護士は彼が日本人ならば美奈を認知して朴苑順と婚姻届を出せば相続税が安くなると教えてくれた。その上で遺言書を書けば、財産もきちんと分けることができると。しかし韓国籍の者は、韓国の民法で判断するから、韓国の法律を知っている弁護士に相談する方が良いとのことだった。彼は在日韓国人の弁護士を探した。

チョウセン人の弁護士に会って、彼は時代が変わったという思いを抱いた。自分が若い頃はチョウセン人が資格を取れるなどとは夢にも思わないことだった。しかも弁護士という最高に難しい試験に通った者が目の前にいる。彼は、自分が学生時代に見た東大を初めとした優秀な在日の学生たちの顔を思い浮かべた。彼らもあと少し遅く生まれていたら弁護士になるぐらい訳のない連中だったと思う。しかし彼らは資格を取れなかった。日本の門戸が開かれた時には、彼らは生活に追われていた時期だし、また若い頃の体力もなく、朽ちるに任せるしかない状況であっただろうと想像がつく。勉強をするには時期というものがある。日本が門戸を開いた時には、彼らは時期を失してしまっていたのだ。運が悪かったで済ますには、あまりにも口惜しいことだった。

彼は在日韓国人の弁護士に自分の状況を話した。弁護士は解説をする。色んな話を聞き、結果的には遺言状を残せばいいということが分かった。

税金は頭が痛い問題だった。結婚をするのとしないのとで相続税は一億円以上違った。結婚をしなければ自分が一生掛けて稼いだお金をみすみす日本にぶんどられる結果となった。猛烈に腹が立った。日本が今まで俺に何をしてくれたというんだ！　と体が震えるほどの怒りに包まれる。日本も北朝鮮と同じではないか。優秀なチョウセン人を何万人も、世の中から排除して飼い殺しにし、腐らせただけだ。北朝鮮とどこが違うんだ、と心の中で毒づく。

しかし金栄煥は発想を変えた。税金の心配をしなければならないぐらい自分は幸せな人生を送れたのだと思うことにした。多くの在日は日本人より優秀でも最下層の生活を強いられた。それだのに自分は常に余裕のある暮らしをすることができた。そう考えてみると、本当に自分は運がよい人間だったのだと思った。

彼は再び朴苑順が住む町へ飛んだ。ホテルの一室で二人は話し込んだ。ゆったりしたソファに座り、向かい側に座った彼女を見て彼はいった。窓の外には、眼下の遠くに日本海が見えていた。

「朴《パク》さん。あさひはもうなくなったし、死んだ亭主に義理立てする必要もないでしょう。私と結婚してくれませんか?」

しかし彼女は首を振る。

「一度清水の家に入ったのです。死ぬまでそこから出るわけには行きません」

彼はもう一押ししてみた。

「その清水の家も、今ではもう無いじゃないですか?」

彼女は頷く。そしていう。

「確かに、私は清水の家を守れませんでした。だけど、守ろうとした私の気持ちに嘘はありませんでした。金さんと結婚すると、私は自分の人生を否定することになるようで、それが恐いのです」

清水の子供たちはちりぢりになった。彼女は負けたのだ。負けはしたが、勝とうとして戦っていたときの気持ちは彼女だけのものだ。誰にも否定できない。

金栄煥は頷く。彼女の心情は理解できた。それは自分もまた同じだったからだ。在日はいずれこの世から消えて痕跡すらなくなるだろう。在日という言葉そのものが死語になる日もそう遠くはあるまい。しかし自分たちを跡形もなく消し去ろうとした日本と、負けると分かっていながら戦った自分の心までは、否定されたくなかった。

彼はこれ以上結婚を迫るのは無意味だと悟った。結婚できなければ配偶者控除は使えない。彼の相続税は一億円増える。しかし金よりもプライドの方が大切だった。彼は一億円余分に税金を払うことを覚悟した。

もう一つの疑問に彼は方向を転じた。

「朴《パク》さん、美奈を生まないという選択肢もあったと思うんですが、どうして生んだんでしょう？勿論、生んでくれたことには感謝しています。しかし生めば茨の人生になるということは分かっていたと思うんですが？」

朴苑順は静かに頷いた。それから暫く考えていたが、やがて意を決したかのように金栄煥を見て話し出す。

「金《キム》さんも噂のことは知っていると思います。二番目の東珍《トンジン》は舅の子供です」

金栄煥は思わず彼女を見つめた。猛烈な嫉妬の感情が湧き起こる。子供ができたのは犯されたからか、自分が許したからかを聞きたかったが、しかし彼は踏みとどまって口を挟まなかった。彼女は続けて、

「あの子を宿した経験から、私は美奈を生むことをためらいませんでした」

といった。彼は安心した。問題は過去ではない。今彼女が愛しているのは誰か、だった。

舅は彼女の妊娠を知ると、

「生んでくれ」

と頼んだ。長男は出来損ないだったが、それは畑が悪かったからで、朴苑順のようにいい畑なら、きっといい子供ができるに違いない、と自分勝手なことをいった。長男は日本みたいな国に負けて自分が朝鮮人であることを否定し続けている。畑が悪かったからああなるのだ。自分の種は立派な朝鮮人の子を作れるはずだ。今死にかけているあんな長男とは違う、立派な自分の子孫を儂は残したい。だから生んでくれ、というのだった。

彼女は悩んだ。お腹の子供は不義の子供である。舅が望むように男の子ならこの子は「さとし」の叔父であり、弟であった。そんな子供を産むわけにはいかなかった。しかし舅は、

「宿った命に罪はない。罪はこの儂一人が背負って死んでいく。頼む。生んでくれ」

と土下座をして涙を流しながら頼んだ。総てのいい分は独りよがりだったが「宿った命に罪

はない」という言葉は重かった。迷った。しかしやはり不義の子を産むわけにはいかなかった。ところが産婦人科に行こうとすると、舅が見張っていた。彼は自分の子が堕胎されないように、朴苑順を軟禁した。四六時中見張って家から出る時にはどこまでもついてきた。そんな中、夫がついに亡くなった。葬儀に追われ、病院に行く機会を失している内にお腹は人目にもつくようになってきた。宿った命に罪はないという思いが、実感として迫ってきた。しかし一方で生めば子供に対しても大きな罪を背負うことになる。そう思ったから、産婦人科に一度は駆け込んだ。しかし受付で舅に連れ戻されてしまった。そして部屋に閉じこめられ、どこにも行けなくなってしまった。やがて産んではならない子を産んだ。しかし産むとやはり子供は可愛かった。この子に罪はないのだと、思った。

出産後は何も考えられず、何もする気になれず、子供と一緒に死のうとしたが、いつも舅が見張っていてそれもできなかった。食も細り、乳の出も悪くなった。舅は高価な漢方薬を処方し、かいがいしく世話をした。しかし彼女は死にたいと思っていた。機会さえあれば子供と一緒に死のうと心を決めていた。だが、舅はそれをさせなかった。彼は自分の子供を必死で世話し続け、結果として朴苑順に自殺の機会を与えなかった。

彼女は静かにいう。

「私は東珍《トンジン》を生んで育てたのです。もう何もこだわるものはありませんでした。あの子は、生まれる運命にあったのだと思います」

そういって彼女は金栄煥を見る。

「美奈はあなたの子供です。だから私は迷いませんでした。この子こそ産みたい子だと思いました。産まなければならないと思いました」

金栄煥は嬉しかった。彼女の言葉は彼の存在を完全に肯定し受け入れていた。そして苦労覚悟で自分の子供を育んでくれたことに頭が下がった。

彼は幾つか頷いてからミネラルウォーターを入れたグラスに手を伸ばした。窓の外には低い家並みの町が広がっている。朴苑順はつけ加えた。

「舅とのことがなければ、私は金《キム》さんと同じ部屋で寝ることすらしなかったと思います。勿論当時から金《キム》さんには惹かれていました。でも嫁という立場を考えればどれだけ好きな人であっても、同じ部屋で寝ることはできません。東珍《トンジン》を生んでいたので、嫁の立場を守ろうという意識が低くなっていました。あなたが私を求めるのなら、抱かれようと思っていました。いえ」

と彼女は顔を上げて彼を見る。

「私はあなたを慕っていました。いつも思っていました。だからあの日ホテルであなたと一緒になると知った時、抱いて欲しいと願いました」

それから再び目を伏せて彼女は続けた。

「そんなことをできたのは、東珍《トンジン》を生んだという経験があったからです。そうでなければどれだけ好きでも、同じ部屋では寝なかったと思います」

金栄煥は頷いた。そしてぽつりという。

「人生というのは皮肉ですね。とんでもない舅がいて、あなたが大変な不幸に見まわれたお陰で、私があなたと結ばれることになるとは。どうも複雑な心境です」

「当時の私はあなたに心を引かれながらも子供を守り、生活をしていくことで頭がいっぱいでした。あなたは人に恩を着せることもなく、淡々と自分の仕事をこなしていました。ついて行きたかったけれど、私には子供たちとの生活がありました。清水の家を守らなければならないという責任感がありました」

金栄煥は黙って頷いた。朴苑順は続ける。

「でも私が守ろうとしたものを、さとしや東珍《トンジン》は簡単に壊してしまいました。あの子たちは今生きていることではなく、誰の子供かということを問題にしました。私には答えることができませんでした。心が荒んだ、さとしを抱き留めることもできず、ただあの子がよそで作った借金を返すためだけに働くという日々が続きました。東珍《トンジン》はそんな兄を見て、原因は自分にあるかのように思い、気弱でいつもびくびくしている性格になりました。そして家出を繰り返すようになりました」

彼女は床を見たまま話し続ける。

「子供たちが苦しんでいたのは分かります。でも私にはどうにもできませんでした。どうすればいいのかも分かりませんでした。東珍《トンジン》を生んだのはやはり間違いだったと自分を責めました」

彼女の目から床に涙がこぼれた。沈黙が続いた。金栄煥は、

「私がいたら」

といいかけてやめた。

「いや、私がいてもあの子たちがぐれるのを止めることはできなかったかもしれない」

「はい。誰も止めることはできなかったと思います」

金栄煥は話す。

「私が生きてきた時代の在日韓国人には、未来なんて無かったですよ。過去を呪う閑もなく、ただ、今という時だけを必死で生きていました。日本を見返してやろう、日本人に一目置かれる人間になってやろう、と思っていました。その点あの子たちの時代は余裕があった。それで過去を見、未来を考えようとした。私たちのように過去や未来を見る閑がなければ、あの子たちも今だけを生きることができただろうに」

朴苑順は頷く。金栄煥は続ける。

「なぜ生まれたか、ではなく、今生きている、ということが重要だと思います」

「はい」

彼女はまた頷く。金栄煥は彼女の手に自分の手を伸ばした。

「抱いてもいいですか?」

彼女は彼を見る。

「はい」

彼女は立ちあがった。彼は彼女の手を引いて、自分の膝の上に座らせた。彼は彼女を背後から抱いた。そして彼女の背中に頬をつけたままいった。

「もう、立ちあがってあなたを抱き締めるだけの体力もないのです」

二人は暫くそうしていた。それから彼はいう。

「キスもしたいが、歯槽膿漏で口が臭いし、年寄りの臭いもする。情けないことです」

彼女は体をよじって彼を見る。

「私は構いませんよ」

「いやいや、もう役に立ちません」

「ベッドで横になりましょう」

ふむ、と彼は彼女と立ち上がる。そしてレースのカーテンを引き、二人はベッドに横になった。シーツと毛布を上から掛ける。彼は彼女の胸をまさぐり、くびれた腰を抱く。腹に贅肉はそれほどついてなかった。彼女は足を絡ませてきた。下半身がうずくが、固くはならない。彼はバスルームに行って歯を磨いた。そして戻ってきて彼女の唇を求めた。それからまだ張りのある乳房を吸い、柔らかい胸に顔を埋める。彼はいった。

「あの夜のことを今も覚えています。あなたの声も耳に残っています」

彼女も答える。

「私も覚えています。力強く抱きしめて好きだといってくれました」

金栄煥はその時の光景を思い出した。彼は彼女の顔を見ていう。

「だけどあなたは、私の唇を人差し指で押さえた」

彼女は遠くを見る目つきになった。

「あの時は言葉では聞きたくなかったのです。黙って抱き合っているだけで良かったのです。だけどそのあとでは、あなたの言葉を思い出すたびに胸が熱くなりました」

金栄煥は黙って頷いた。彼女はいう。

「あなたのことを思い出すことで、今日まで生きて来れました。困難を乗り越えてこられました」

彼はそう聞いて頷く。彼女は自分を信頼しきっていると感じた。やはりこの女だと思った。この人こそ俺が愛する人なのだと知った。それから、

「汽車で別れるとき、韓国語で何かいいましたよね」

「え？　ああ、いいました」

「あれは、何ていったんですか？」

彼女は少し考えて、

「チンダルレを遠くから見ているように、ずっと思い続けていた、といったんです」

「どうして韓国語でいったんです？」

「日本語ではいえません。自分の心をいってしまうと、家を守れなくなると思っていました。自分の心を押しとどめるためには、自分に向かって、自分だけの言葉でいうことしかできませんでした。それが精いっぱいでした」

彼女は彼の腰を抱き、シャツの胸に顔をつける。そしていう。

「やっと罪の意識を感じず、あなたとこうしていられるんです。今が一番幸せです」

金栄煥はそう聞いて嬉しかった。

彼は朴苑順の乳房をまさぐる。ゆっくりと、子供が母親の乳房をおもちゃにしているようにのんびりと朴苑順の乳房を撫でる。彼はやがて背中の形を確かめるかのように緩やかになで始めた。そして長岡での夜を思い出しながら、彼は彼女の背中から腰のくびれを撫でた。それからお尻ものんびりと撫でる。丸みの先が冷たくて気持ちよかった。パンティーから手を入れ、茂みに手を置いた。彼は目を開けて彼女を見る。

「濡れてます」

彼女は微笑む。

「はい」

彼がパンティーを下に押さえると、彼女は自分でパンティーを脱いだ。彼の人差し指と中指の二本が茂みの奥にするりと入った。彼女は小さく、

「あっ」

と声を上げる。じっとしていると、他の指も濡れてくる。金栄煥は悲しくなる。彼女がこれだけ喜んでいるのに、自分はこれ以上何もできない。それどころか、もうすぐ死んでしまうのだ。呼吸が苦しくて、指を激しく動かすことはできなかった。暫く指を少しずつ動かしていた。彼女は気持ちよさそうだった。目を閉じて金栄煥に総てをゆだねている表情は穏やかだった。いい顔だ、と思う。怖らくこういう表情は、体を任せた男にしか見せないだろうと思う。彼は彼女の唇にチュッとキスをした。彼女は目を開け、微笑みながら恥ずかしそうな顔をした。指を動かすと、

「ああ」

と声が漏れる。しかしそれまでである。それ以上をできない。やがて彼は指を抜いてティッシュで拭いた。彼女は彼の耳元でいった。

「気持ちよかったです」

彼は頷いた。死にたくないと思った。以前のように激しく愛し合いたいと願った。しかし体の変調はそんな状態ではないことを彼に訴えていた。彼はシーツの下の裸の彼女に抱きついて、少しきつく抱きしめることで精いっぱいだった。

その週の週末に美奈と朴苑順を東京に呼び、親戚に引き合わせた。美奈が金栄煥にいった。

「私、お父さんの子供になるということは、名前が変わるんですよね」

金栄煥は美奈を認知する手続を進めていた。それとは別に全財産を美奈に譲るという遺言書も作成していた。

「なまえ？」

「ええ。小さな頃は清水美奈という名前でした。看護学校からは朴美奈《パクミナ》にしたんですが、それが今度は金美奈《キムミナ》になるんですよね」

「うむ。そうだな。そうなるかな」

と金栄煥は頷いた。朴苑順の嫁ぎ先では清水という通名を使っていた。通名というのは韓国朝鮮人が使っていた日本式の名前のことである。在日コリアンが日本名を使うのは、元を辿れば日本が朝鮮人をこの世から抹殺しようとして、朝鮮人に日本名を強制したことに始まる。

韓国では夫婦は別姓であり、子供は父親の姓を嗣いだ。父親が分からない場合に限り、子供は母親の姓を嗣いだ。父親が認知すると、当時の法律では子供の姓は父親の姓に強制的に変えられた。

こうした制度から美奈の姓は、上の二人の子供の姓と異なっていた。しかし通名で生きていれば三人の父親が違っても、三人とも「清水さん」と呼ばれることになる。通名は複雑な家庭環境を隠すには有効な手段だった。美奈は、

「何だか違う人になってしまうみたい」

と照れ笑いのような表情でいった。彼は戸惑っている娘を慰めるようにいう。

「在日は通名とか本名とか、名前がいろいろあるからな」
美奈は父親に甘えるように、また訴えるようにいう。
「通名と本名って、どちらが自分なのか分からなくなりそう」
金栄煥は笑った。

彼が学生の頃、本名を名乗るものは民族心が強く、通名を使うものは民族心が無いといわれていたことを思い出した。このため当時の多くの学生は無理をして李や朴を名乗っていた。しかし就職を前に、彼らは木村や新井に逆戻りした。今も当時と変わらず本名を使っているのは金栄煥ぐらいのものだった。民族を声高に語っていた者の中には、その後日本に帰化した者も数人いた。

当時から金栄煥は本名が正しく、通名は間違いという二律背反的な考え方からは何も出てこないと思っていた。

一世は日本で生きて行くために方便として通名を使った。一世は頭の中が朝鮮で満たされているから通名は通名でしかなかった。しかし二世は頭の中が日本語で満たされていた。だから通名は本名となり、むしろ本名の方が通名のようになる。それを東大や慶應や早稲田という弁の立つ学生たちは、一世の考えを代弁して、通名で生きているか、本名で生きているかをその者の民族心のバロメーターに仕立て上げた。彼ら在日のエリートたちは二世のための在日論を構築しなかった。彼らの発言はステレオタイプな一世の発想を代弁したものでしかなかった。

金栄煥は、二世は日本人だと思っていた。頭の中が日本語である限り、その者は文化的には日本人であった。しかし当時は、民族的には日本人である二世が朴と名乗れば朝鮮人の民族心に富み、新井と名乗れば朝鮮の民族心を失ったものとして排除していた。今から思えば学生たちの議論や活動は滑稽を通り越して悲劇だった。

日本で生まれて日本語が母語となってしまった者には、朝鮮語はその後に幾ら勉強をしても外国語でしかなかった。母語そのものを後天的に入れ替えるというのは、不可能なことだった。当時の活動家たちは在日の一般大衆に不可能を求め、朝鮮語ができない者を民族心がないと決めつけた。そして国籍を変える者は民族の裏切り者にされた。

だが、問題は言葉そのものにあった。そしてそれは言葉というものに捕らわれている人間存在そのものの問題でもあった。

歳を取った金栄煥には問題は在日に限らないということが分かっていた。言葉に捕らわれるのは、世界中のどの人間にも当て嵌まることで、なにも在日コリアンに限ったことではなかった。日本人は日本語に捉えられて引き籠もりをしたり、アルバイトだけで生きていたりしていた。自分の作った言葉で自分を殺すのは、人間の特性のようだった。

今ならばこういう事を簡単に説明できるが、当時はマルクスや哲学の言葉を多用する東大を初めとした有名大学の学生たちに太刀打ちできなかった。二世にとっては通名こそが本名だという大前提に立たなければ、有用な議論はできなかったのだ。

金栄煥は当時の活動家たちの顔を思い出し、彼らにいうかのように美奈にいった。

「どちらも自分だよ。通名で生きている自分も自分だし、本名で生きている自分も自分だ。どちらも本物だよ。偽物はどこにもいない。それが在日だと私は思っている」

美奈は真剣な顔で頷いた。

美奈が看護学校に通わなければならなかったので、二人が東京に来るのは週末だけだった。金栄煥は島野芳美に全てを話した。彼女は身を引くことに同意してくれた。彼は朴苑順にも事実を告げた。そして最後の時や葬式には島野芳美にも声を掛けてくれるように頼んだ。彼は遺言の中で島野芳美に一千万円贈るように書き残した。その金額が妥当なのかどうかは分からない。気持ちである。朴苑順のことがなければ、彼は島野芳美と結婚していたかも知れなかった。

彼の状態が悪くなってからは、朴苑順は彼のマンションで共に暮らすようになった。医者と看護師が点滴を変えたり、状態を見るために通いで来るようになった。金はかかったが、金を残しても税金で取られるだけである。彼はできるだけ自宅で朴苑順と過ごすために金を使った。

兄の賢煥が墓をどうするかと尋ねた。父と母は日本式の墓に入っていた。当然そこには兄と兄の家族も入る予定だった。同じ墓に入るか、それとも別に墓を作るか、というのが兄の質問だった。

僅かの間だが、彼は朴苑順と美奈とで同じ墓に入ることを思った。しかしそういう希望を口にすれば、朴苑順を苦しめるだけだと思った。それに死んでから一緒になったところで意味はないと思った。それで彼は兄に皆と同じ墓に入ると告げた。そういった後で一人になった時に考えた。

自分はどうして日本式の墓に入らなければならないのだろうと思った。朝鮮人だと差別され続けたくせに、死んでからは日本式かと、皮肉な気持ちを抱いた。選択肢としては韓国で墓を作るということもあり得た。とはいえ、彼は韓国の墓に入る自分を想像できなかった。韓国には知っている人もいなかった。韓国の葬式の仕方や習慣も何も知らなかった。若い頃から図書館に通って韓国の歴史や文化に関する本を読んできたが、それは単なる知識でしかなかった。

一九一〇年。朝鮮は日本の植民地となる。しかしその時に悲しんだ人を個別には知らない。

一九一九年。三一独立運動。その時独立万歳を叫んだ人たちの本当の心情を、自分は知らない。

一九二三年。関東大震災での朝鮮人大虐殺。その時殺された人たちの一人一人の無念さを、自分は知らない。

一九四五年。祖国独立。その時の一人一人の嬉しさを具体的には、自分は知らない。

朝鮮や韓国の人がどのように生き、どのようなときに喜び、悲しんだのか、自分は何も知らなかった。韓国の町を知らず、通りの名前も知らず、どこにうまい店があるかも知らなかった。

彼は、知識としては朝鮮や韓国を知っていたが、生活のレベルでは、何一つとして知らなかった。

自分は何者か、と考えた。日本人が朝鮮人だというから、そうかと思うだけで、自分を朝鮮人であると確信する確固とした柱は自分の中に存在しなかった。一世ならば、朝鮮人だと差別されれば、朝鮮人として反撃ができる。一世の頭の中は朝鮮で満たされているからだ。しかし金栄煥の頭の中は日本だった。チョウセン人めと差別されれば、日本人としてその差別を受け入れざるを得なかった。彼の中には差別に反発する朝鮮や韓国は存在しなかった。差別に怯える日本人がいるだけだった。彼の思考法や価値観は日本式だった。しかしだからといって、いや、それだからこそ、死んでから日本式の墓に入れば、日本が在日を差別してきたことを正当なことだったと認めてしまうようで気分が晴れなかった。

俺は何者だったのかと、彼は、兄に問われた墓を切っ掛けにして考え始めた。それは今だけを信じて生きてきた男が初めて未来と過去について考え始めた瞬間だった。しかし時間は殆ど残されていなかった。

金栄煥が生きてきた時代の在日コリアンには日本で生きようとしても生きる道はどこにもなかった。日本のやり方に腹を立てた多くの在日は政治活動をし、一部は犯罪に走った。それが普通の人間の反応だった。しかし金栄煥は自分の精神を守るために心の周りにシャッターを下ろした。過去を振り返らず、未来に期待せず、目の前にある現実だけに反応して生きてきた。しかしその結果は、日本の墓に入るというものだった。そのような未来を目前にして彼は、俺は日本の墓に入るために今まで生きてきたのか！　俺はそんなことのために今まで生きてきたのか!?　と愕然とした。今だけを生きるという選択の結果が日本の墓だったということに金栄煥は腹が立って仕方がなかった。一体俺の人生は何だったんだと怒りに包まれた。朴苑順を思う。美奈を思い出す。好きな女と普通の家庭生活を送りたかった、と悔やまれる。もう少し生きて、普通の人間が送る普通の生活をしてみたいと願う。しかし、息が苦しい。

韓国式の土まんじゅうの墓を思ってみた。見たことのないチンダルレを植え、朴苑順が訪れてくれる姿を想像した。しかしそれはどこか現実味のない作り物のようだった。

自分の人生は何だったのかと思う。日本に反発し韓国人として生きてきたつもりだったが、さて、日本の墓に入る自分はそれでも韓国人だろうかと疑わしい。韓国について全く何も知らない自分は本当に韓国人だろうかと情けない。そして韓国の墓に入れないから日本の墓に入るという選択をしなければならない自分が恨めしい。

息が苦しい。考えもまとまらない。かといって愚痴はいいたくない。俺は最期まで負けたくはない。しかし自分は何だったのだと気が狂いそうになる。誰に、何を聞けばいいのかも分からない。

朴苑順は韓国で生まれて韓国で育った人である。そんな彼女と二十年も暮らせていれば、自分も韓国を具体的に知ることができただろうに、と悔やまれる。彼女と一緒に韓国に行っていたならば、色んな事を学べただろうにと思う。そしてチンダルレを見ることもできただろう。そうとも、彼女が好きだといっていた花ぐらいは、せめてチンダルレぐらいは、一目見てみたかった。

金栄煥の体力は急速に衰え、やがて彼は入院した。ほどなく意識は混濁し、危篤状態になった。

ふと彼が目を覚ますと枕元には家族がみんな揃っていた。朴苑順と美奈、兄、兄の子供たち。八代正一と妻の純子。壁際には島野芳美がいる。金栄煥は朴苑順を見た。そして震える手を伸ばす。朴苑順と美奈がその手を握りしめた。

「金さん、しっかりして下さい」

「おとうさん！」

彼は朴苑順を見て必死でいった。

「一度、チンダルレを見てみたかった」

その一言で彼女は、かつて経営していたパチンコ店「あさひ」で、金栄煥と過ごした日々を一挙に思い出したようだった。彼女の目から涙が溢れ出す。彼女は万感を込めて叫んだ。

「金さん！」

いい声だ、と思ったのか、彼は口元に笑みを浮かべた。首から力が抜けた。

「金さん！」

二〇〇二年十二月十日午後三時四十分。一人の男がこの世を去った。

金栄煥。

享年六十一歳だった。

著者経歴　李起昇《イキスン》

1952年
山口県、下関に生まれる。在日二世。母親は日本人。母親は結婚後、日本の当時の国籍法の定めにより韓国籍となった。以後、日本人でありながら在日韓国人として生きた。

1971年
福岡大学商学部入学。
日本の大学はサラリーマンを養成するところであって、起業家を育成するところではなかった。失望して、小説家を目指す。公認会計士を目指したこともあったが、当時の資格ガイドブックには「外国籍の者には受験資格がない」と書いてあり諦めた。

1976年
韓国の在外国民教育研究所に言葉と歴史を学ぶために留学。

1976年〜1981年
日本に戻り、民団青年会下関支部及び山口県本部の教育訓練部長をした。言葉と歴史を教えた。女子部長をしていた趙寿玉（チョウ　ス　オク）と結婚。

1981年～1983年
民団中央本部勤務。
趙寿玉は舞踊を本格的に習得すべく、一年ほど韓国に留学した。その間李起昇は一人で日本にいて、民団に勤務していた。

1985年
「ゼロはん」で講談社の群像新人賞受賞。公認会計士試験に合格。

1986年
「風が走る」を雑誌群像に発表

1987年
「優しさは海」を雑誌群像に発表

1989年
「きんきらきん」を雑誌小説現代に、「西の街にて」を雑誌群像に発表

1990年
「沈丁花」を雑誌群像に発表

1990年～1995年
中央監査法人のソウル駐在員として韓国の三逸会計法人に勤務する。家族とともに韓国で暮らした。
趙寿玉は海外在住の韓国人としては初めて舞踊の人間国宝（重要無形文化財第97号サルプリ舞（チュム））の履修者になった。
趙寿玉は以後、舞踊家として活躍する。

1995年
「夏の終わりに」を雑誌群像に発表

1996年
公認会計士事務所開業

1999年
韓国電子（韓国一部上場会社）の社外取締役を務めた。

〜2001年

2000年〜2001年
民団中央本部21世紀委員会経済部会、部会長を務めた。
商銀の銀行化案を作成し、提言した。

2002年
税理士登録をする。

2004年〜2012年
「パチンコ会計」発刊。
独立開業してまもなく、パチンコのシステムを勉強する機会に恵まれた。分かってみると会計の専門家は今まで何もしてなかったのと協力してくれる出版社があったのとで、解説書を書いた。パチンコ関連の専門書は5冊刊行した。

2013年
小説の単行本「胡蝶」をフィールドワイから発刊。

2016年
日本の古代史に関する単行本「日本は韓国だったのか　韓国は日本だったのか」をフィールドワイから発刊。天皇家のルーツを解き明かし、日本は朝鮮の派生物ではないことを立証した。

2018年
小説「チンダルレ」をフィールドワイから発刊。

チンダルレ

2018年3月10日　初版発行

著者　李起昇
発行人　田中一寿
発行　株式会社フィールドワイ
〒101-0062　東京都千代田区神田駿河台3-1-9 日光ビル3F
電話　03-5282-2211（代表）
発売　株式会社メディアパル
〒162-0813　東京都新宿区東五軒町6-21
電話　03-5261-1171（代表）

印刷・製本所　中央精版印刷株式会社

ISBN978-4-8021-3095-0

Printed in Japan